フリードリヒ・ド・ラ・モット・フケー

皇帝ユリアヌスと騎士たちの物語

ヨーゼフ・フォン・アイヒェンドルフ

ユリアーン

小 黒 康 正　訳

同学社

目次

I

『皇帝ユリアヌスと騎士たちの物語』

凡例

一　ここに掲載された物語は、フリードリヒ・ド・ラ・モット・フケーの『皇帝ユリアヌスと騎士たちの物語』（一八一八年）の全訳である。翻訳底本として次の文献を使用した。Friedrich de la Motte Fouqué: *Die Geschichten vom Kaiser Julianus und seinen Rittern*. In: ders.: *Sämtliche Romane und Novellenbücher*. Hrsg. von Wolfgang Möhring. Bd. 5. 3., Fünfter Teil. Hildesheim, New York: G. Olms 1990, S. 109-186.

二　原文の章分けは倍角ダッシュで示されているだけだが、訳文では章番号を入れた。

三　訳文では原文で段落中に頻出するダッシュを省く。

四　段落間のスペースには幅の違いが微妙にあるが、訳文ではいずれも一行空けにする。

五　原文では一部に引用符が欠けている箇所があるが、訳文では括弧を補っている。

一

「とにかく今晩この箱を開けようじゃありませんか、親方さま！」と美しい若手画家のヴェルナーが老リープレヒトに頼んだ。「明日の昼間になってからようやく開けるにしても、ちゃんとした光のところにすぐに絵を置くかどうかなんて、誰も分かりはしません。なにせ私たちの誰もそれを見たことがないのですから。それにロウソクでしたら、画板を窓とお日さまの方に向けるよりもやすやすといい位置にずらせます。ですが、私の考えですと、絵が大きなテーブルの上に置かれて、小さめの作り付け戸棚に立てかけられるのでしたら、ロウソクは完璧に正しい位置にもう立っているのです。」

「若さに徳なし！」と愛想のいいリープレヒト氏が笑った。「こりゃあ、せっかちな奴だ！　こ奴であれ、私であれ、その古い絵画について知らないことを自ら認めつつ、ロウソクが照明として完璧によい所に置かれていることを、ほぼ同時に分かるというのだな、この知ったかぶりめ！」

「私のことを笑いたければ笑い飛ばしてください、親方さま」と若者は答えた。「ですが、どこから来たのかさえ知らなくても知っているものだって時としてあるじゃないですか。私にすればこの絵がそうなんです。伺ったところでは、ケルンでご購入させ、それも行き当たりばったりでの購入で、競売目録に書かれていた内容が『作者不詳のかなり古くて怪しい絵、誰にも判読不可能な内容、恐怖に襲われる者も少なくない』とのこと、そう伺ってからというもの……」

「はて、なんで言葉に詰まるのかな。」

「そうですね、毎晩のことですが、その絵の夢を見てしまい、心が不安になり、憧れを抱き……」

「なるほど、なるほど、お前さん、自分の夢を話に持ち出すのなら、私のような預言に縁のない者は手で口をふさがねばなるまい。してみると、わしらの絵がどんな絵なのかを夢がお前さんに語ったのだな！　面白いからぜひ聞かせなさい。」

「だめです、親方、そんなことを夢が私に語ったのではありません。雷雲と陽光の中や、恐ろしい不安と空のように澄みきった安らぎの中にいるように、何もかもがごちゃ混ぜに回っているのです。中には時として意味がわかる話もありましたが、あまりにもひどく揺れて私の意識から再び遠ざかってしまいました。――私が分かっていることといえば、上から光がさしていることだけで、それも人物たちの右側からということだけであります。」

リープレヒト親方はこの愛弟子の願いを最初からすぐにかなえるつもりであったが、なおしばらくの間は相手を親しげにからかったままにしておこうとした（とにかくそれが親方の流儀だったのである）。すると若者は実に奇妙な様子で動揺し、まったく尋常ではない、ほとんどけばけばしいほどに頬が紅潮し、あまりにも抗い難く涙が陰鬱な目からあふれてきたので、人のよい親方は自ら箱の方に身をかがめ、ちょうど若いヴェルナーが言っていたのと同じように、そそくさと木箱をまっすぐに立てた。それから慎重に釘とピンを抜き、慎重に上のカバーを外し、中に詰められた干し草と木綿の覆いを画板から取り外し始めたのである。その際、ヴェルナーは親方に手を貸すことはできなかった。若者は立って震えており、ひどく待ちきれぬ思いで絵の方に目を凝らしていたのである。

最初に彼らが気づいたことと言えば、絵の最上端にひと塊になっていた黒くて不気味な雷雲と、その間にあった輝くように明るい光の筋と、その中でほとんど目に見えないほど遠くにいる天使で、威嚇をしていると云うよりもむしろ既に裁きを行っている、かなり高々と挙げられた腕をもつ姿であった。——さらに遠くまで続いているのは、木の多い岩の峡谷であり、極めて風変わりでほとんど見たこともない武具をした騎士たちの間で激しく繰り広げられている戦闘だったのだ！　あるいはむしろもう戦闘はなかった。なにしろひどい恐怖に襲われながら全軍が散り散りになっていたからだ。その真っただ中には栄えある将軍が息絶えており、その横ではまばゆいばかりの白馬が恐るべき状況をまさに予感するかのように崩れ落ちていた。

リープレヒト親方の他の弟子たちがやって来たが、全員がビックリ仰天して周りに立った。中には武器や羽飾りや軍馬のまばゆい輝きを称える者もいれば、雲の恐ろしい暗さを称える者もおり、さらに他の者たちは人物の表現を称える者もいたのである。ヴェルナーは一言も言葉を発せなかったが、それだけにいっそう目から涙がこぼれ落ち、奇妙な戦慄が血の中で震えた。倒れた将軍を見ているとほとんど痛々しく言葉にならない思いに駆られたと云うこともあって、やっとの思いで自分のまなざしをその将軍から他の戦士たちに向けたのである。ある一人の騎士は先の尖った金の兜をかぶり、兜の表面には獣の顔があり、紅白の羽からなる束がピンと真っ直ぐに立っていたが、その騎士の姿が若い画家の目を改めて釘づけにした。その英雄は堂々と後退しながら高貴なかんばせを死んだ将軍の方に振り向けていたが、棒立ちになっていた白馬はといえば、何とか恐ろしい谷を避けようとして恐怖に満ちあふれながらまさに絵から飛び出さんばかりだったのである。

「せめてあの方が完敗しませんように！　せめてあの方に何らかの救いがあって欲し

いものです！」とヴェルナーは小声でささやいた。他の者たちはそれを聞かなかったが、それはそれで良かったのだ。やはりヴェルナーがどんな気持ちだったかを知る由もなかったし、ヴェルナーの言葉を聞いたところで、おかしくて笑うだけだっただろう。

するとそ隣人の里子である十六歳の小柄なジュリエッタがいつの間にか部屋に入ってきており、一緒に絵画の前に立っていた。リープレヒトの元にお使いを頼まれていたにもかかわらず、それをほっぽり出して、異国風の美しい黒目を実に驚くほどたぎらせて絵の人物たちを見つめていたのである。ヴェルナーの眼差しをいわば釘づけにしていた騎士のちょうど真向かいでは、倒れた将軍のところから他の者が馬で駆け去り、淡黄色の馬の上で、やけを起こしているかのように頭上で軍旗を振り続けていた。小柄なジュリエッタは初め例の騎士を眺め、あるいはむしろ頭飾りばかりを眺めていたが、それは絶えず独り言ちていたからだ。「ああなんと美しい兜、聖なる兜なの！　ああ二枚の羽根がついた何とすばらしいメルクリウス兜なの！」と。それに自分が言ったことをそもそも自分で分かっていなかったのである。

しかし、リープレヒト親方はついにジュリエッタに気づき、親しげに言った。「おや、イタリアの美しい小バラさん、この古い謎の絵に何かご用かな。してお前さんはあそこにいる雲の中の脅しの天使が怖くないのかね。」

ジュリエッタは、上方からその絵をくまなく照らし出す光彩を見上げ、華奢な小さな手を打ち合わせながら微笑んだ。「あら、なんてきれいなんでしょう！　でも脅しの天使のことをお話しでしたわね、親方さま。決してこの天使は脅しているわけではありません。ご覧なさいませ、天使は確かにとても厳しく、今まさに裁こうとしているようにも見えましても、祝福するために指をあげたままです。それに一筋の天の光がそこから息絶えた英雄のところへと降りてきています。恐ろしいものなんてまったく見えません。」

リープレヒト親方は鋭いまなざしを向けた。それから叫んだのである。「本当だ、わしの愛らしいジュリエッタお嬢ちゃん、お前さんは私ら絵描きを恥じ入らせたよ。それとも、お前たちの誰か一人でも何もかも先に気づいたかね。」

皆は驚き黙り、その娘の言っていることが正しいと認めた。若いヴェルナーは両手を組み、ちょっとした感謝の言葉を誰にともなく小さく唱えたのである。というのも、まるでジュリエッタの言葉とその天使の祝福する姿を受けて、慰めを約束する楽園が丸ごと開かれたかのような気にヴェルナーがなったからだ。今や他の者たちと一緒にその絵の美しさについてすっかり屈託なく話すことができた。何もかもがいつもの心地よい状態に戻ったのである。少女はリープレヒト親方に自分の小用を申し出ると、親方は彼女の前方を照らしてやったときに、親しげに言った。「本当のところ、我らが美しき都ヴォルムスの真の誉れはイタリアのこの捨て子さんで、尊敬すべきゲルトラオト婦人は、ジュリエッタお嬢ちゃんをかくも大事に育てあげたことで、私らみんなの感謝を受けるに値する。」

皆は微笑んで親方に賛意を示した。夕食ははれやかな会食となり、各々が自分の部屋へ行って休み、信心深くお祈りをしているうちに上機嫌なまますぐに眠りに落ちたのである。

二

ところが、その夜は始まったときほど静かで穏やかな夜にはならなかった。真夜中になるとヴェルナーの声が聞こえてきたが、その声はうつろで不安げな叫びとともに家中の部屋を突き抜けてきたのだ。皆は驚いてヴェルナーの寝所へと急ぎ、お祓いを受けた蠟燭を持つリーププレヒト親方を先頭にやってくる。やっとの思いで親方は、鍵のかかった部屋戸の閂と錠を親鍵で開けた。皆が見つけたのは、死人のように青ざめた若者がベッドの中で背筋をぴんと伸ばして座っている姿で、固く目を閉じ、あの恐ろしい声を絶えず発していたのである。

「我が息子よ、我が愛しき弟子よ！」とリーププレヒト氏は心配して若者の耳元で叫んだ。――「お願いだから、しっかりするんだ、元気を出せ！どうすれば私たちがお前を助けられるのか言っておくれ。世界中のいかなるものといえども、私にとってはお前の代わりとなる実に愛しく大切なものなど無いのだ。」

恐ろしい夢の魔物がその若者から離れるまで、親方はこのように幾度か叫ばなければならなかった。ようやく若者は目を開け、呆然としながら見回し、深く息を吸い、疲れきった様子でベッドに倒れ込んで、両手を組み合わせて静かに祈ったのである。皆も一緒になって物音ひとつ立てずに心から祈りをささげた。

ヴェルナーが祈りを終えると、リープレヒト親方はいったいどんな恐ろしいものがお前の夢に現れたのかと当人に尋ねた。しかし、青ざめた若者は身を守るように両手を前に伸ばしてささやいたのである。「ああ、どうか、どうか、今は何も尋ねないでください！　夜はいまだ窓の外で本当に深く身の毛のよだつままです。私が恐ろしい幻覚をあえて口にしようとするものなら、何もかもが私を圧倒する新たな力を再び得ることでしょう。私を再び眠らせないでください。だが、それに劣らず私をひとりにしないでください。ああ、神よ、悪夢とは、夜がもたらす死んだように硬直した孤独とは、恐ろしいものです。」

「とにかく、落ち着いてまた眠りなさい、愛すべき疲れきった子よ」とリープレヒト親方が話した。「悪夢がお前を襲っていることに我々が気づいたら、すぐにお前を起こそう。」

「親方も必ずそばにいてくださいますよね」と若者は尋ねた。「一晩中ずっと部屋がまた暗くならないようにしてくれますか。」

それで親方の確かな保証を聞くと、その弟子は大きく息を吸い込みながら、曇った燃えるような目を閉じたのである。

三

　正午頃にヴェルナーは朗らかな目覚めを迎えて、すっかり溌剌とし喜ばしい気分で周りを見回した。日が既にかなり高く昇っており、リープレヒト氏が看護人のように自分の寝床のそばに座っているのは、どうしたことだろうか——初め若者はそうしたことの何もかもを思い出すことができなかったのである。だが不安な夢のかすかな言葉を耳にするだけで、すぐに夜の幻覚がまたしてもまるまる心の中でわき起こった。たしかにその際に寒々しい戦慄が全身をめぐったが、しかしヴェルナーは自分自身を笑いとばし、今後は変わり者の少年がみる夢にあまり構わないでいただきたいと親方に頼むことで、その戦慄を追い出してしまったのである。

　愛すべき若者を心配するあまり、朝食をとることがいまだ忘れられたままだった。今や朝食の遅れがかなり陽気な気分の中で取り戻されたのだ。ヴェルナーは祭りの英雄のように上席に座らなければならず、地下室にある最上の小樽からリープレヒト親方によって今回慎重に汲み出された高級ワインが若者の血管に回ってすっかり元気づけたとき、若者は実に奇妙に自分をうろたえさせた夢のことを楽しげにこう語った。

「いいですか、親方さま、それに芸術仲間の皆さん、夜がふけにふけた時分に起きて、手にランタンを持ちながらアトリエの中へこっそり忍び込んで、昨晩の奇妙な絵画の前に行ったように私には最初思えたのです。たしかに誰かに絶えずささやかれているような気がしました。『聖別されたロウソクを手に取りたまえ！　聖別されたロウソクを手に取りたまえ！』とです。しかし私は絵の方へあまりにも気がはやったので、何とかして自分を押しとどめることができず、それで突然その場所に居合わせてしまい、テーブルの上にある灯りに私のランタンから火をつけようとしました。――すると急に絵の画板が巨大化し、また人物たちもそうなり、白馬に乗って飛び出してくる騎士は馬の歩みを止め、それもまさに力づくで止めたので馬は腰を下ろしたが、騎士は飛び降り、馬を木につないで、私に言ったのです。『さあ、さしあたりベッドにお戻りなさい、大胆なお若い方！　私はすぐにお前のもとへ訪れ、私自身身の毛がよだつ出来事を話してあげよう！』と。すると私には、まるでそのことがひどく怖くなって駆け出し、部屋戸の閂と錠をこの上なく入念に閉めたような気がしたのです。」

「実際のところ何人かの使用人は君が真夜中に自分の寝床へドタバタと走っていくのを聞いたと言っているぞ、ヴェルナー君」と別の弟子が言った。

「ああ、連中ときたら自分と同じようなとてもよい夢かとても悪い夢を見たんだ」とヴェルナーは答えて笑ったのである。もっとも目に見えて青ざめ、しかもかなりかすかな声で次のように話の続きをした。

「そのときの様子と言ったら、まるで扉と壁を突き抜けてやって来るかのようで

――なにせあの騎士はあまりにも大きすぎたので、兜と羽根飾りをつけたままだと扉だけからでは入ることができなかったからで――そう、そのときの様子と言ったら、まるで扉と壁を突き抜けて恐ろしい騎士がとどまることなくやって来るかのようで、少しだけ歪んでいた姿は、色物のガラス窓を通り抜けてくる青白い月の光と似ていたのです。しかし彼は部屋の中ですぐにまた気を落ち着けると、驚くほどの栄華に満ちあふれた姿で私の前に立ちました。ああ、なんと彼の黒い軍服が実に奇妙なほど荘重なひだを大きな手足の周りに作っており、それがまたあたかも金の兜に象られた奇妙な獣の顔の一部であるかのようなのです！　そしてなんと騎士は元帥杖を実に威嚇するように高く振りかざしたではありませんか！　あなたさまは絵の中から出てくる騎士のことを半分しか分かっていませんが、それは馬に乗っている姿がそれほど恐ろしいようにはまったく見えないからです――それから騎士はしわがれた断末魔の叫びでこうわめき続けました、『ユリアヌス！ ユリアヌス！』と。それで私もつられてわめいてしまったのです。」

「頼むからもうやめてくれ」とリープレヒト親方は叫んだ。「さもなくば明るい日中にわしらを本当に混乱させ病気にしてしまうわ。」

ヴェルナーは黙り込んだ。みなも黙り青ざめてヴェルナーを見たり、お互いを見つめ合ったりした。

扉がゆっくりと開いた。おのおのがいくらか驚いてそちらを向く。——すると、とても上品で愛想のいい人物が入ってきた。小柄なジュリエッタだ。小かごにあふれるバラとミルテを腕に抱え、園芸家である養母からリープレヒト親方のもとへと送られて来たのである。それと言うのも親方が華麗に咲く施し物を幾日も前から頼んでいたからで、明るい感じの花を心に抱きながら——そもそも親方の流儀として——それを自然のままに実にみずみずしく描くつもりでいたのだ。

リープレヒト氏はこの愛らしい子をいつであれ大歓迎してきたが、今回はジュリエッタお嬢ちゃんが現れたことをいつもの倍も喜んだのである。何しろあの恐ろしい霧がすぐさま晴れて皆の顔からなくなり、愛弟子であるヴェルナーの頬が鮮やかな朝焼けの赤に染まったからだ！　親方は心のこもった恭しさで少女にテーブルにつくよう勧め、それと同時に色鮮やかな小かごをかなり見映えのよいように料理とワインの瓶の間に並べた。

ジュリエッタはバラをとても浮かれた気分で見つめた挙句にこう言った、「これらのバラは昨夜の夢に出てきたバラとほとんど同じくらいすばらしい見栄えだわ」と。

「そんな風に」とリープレヒト親方は微笑んだ。「お前さんは何かとても素敵なものを夢に見たのかい。」――それから少女がそうだとうなずくと、親方は続けた。「ではどんな夢だったか、私たちに聞かせなさい。ひょっとするとそうすることでお前さんは、自分が思っている以上に、私たちの助けになるかもしれないよ」と。――そしてこれ以上の頼みの言葉を聞くこともなく、ジュリエッタは次のように語り始めた。

「私たちが昨日の夜みんな一緒になってあの美しい色鮮やかな絵の前に立っていたことをまだ覚えていらっしゃいますか。私の夢はそこから来ているのです。というのも、絵の上方でこの上なく明るい光の中から雷雲ごしにのぞき込んでいるあの天使が私の寝床に立っていて、言葉にできないほどの心地よい歌を歌っていたからであります。私にはまさにその言葉が分からなかったのですが、もっとも何だか天使から感謝されているようなまともな状況で、絵の中で天使がいかに優美に祝福を行っており、天使が裁き手というよりはむしろ仲裁する救い手なのかをあなたに示したことに感謝されているようでしたわ。天使の歌がかなりはっきりと聞こえることも少なくありませんでした。『ユリアヌス！ ユリアヌス！ 優美な裏切りの天使よ、戻ってこい！ 戻ってこい！ そしてお前もだ、ヴェルンハルス、ヴェルンハルスよ！ 重苦しい夜から出てくるのだ！ 戻ってこい！ 戻ってこい！』と。――自分も眠りながら一緒に歌っていたのではないかとほとんど思い込んでしまいました。すると天使が微笑んで、ささやいたのです。『彼らは今、家中でお前の声を聞く必要がないのだよ、ナイチンゲールちゃん！』と天使がささやき、実にたくさんのバラとミルテを私の上に振りまいたので、私はもはや歌うことができなかったのですが、するとです、するとです……」

ジュリエッタはあからさまに驚くことをやめ、もしやその後お前の身に何か恐ろしいことが起きたのかいとリープレヒト親方が気遣うように聞いたのに対して笑ってこう言った。「いいえ、とんでもありません。ですが目を覚まして母に夢のことを話すと、夢についてそれ以上話すことを私に禁じました、ミルテを理由にです。なにせそれから花嫁の花冠は作られていて、貞節な娘ともなれば決してそのようなことの夢を見てはならないらしいのです。ですが、話のことで馬鹿げたことといえば、私が今何もかもしゃべってしまったことですわ。でも、ここにいる私たちはみな互いにお友達ですよね。」

「まさにそのとおりだよ、お前さん」とリープレヒト親方は言った。「きっと本当に美しくて穏やかな夢をいつも見ているのだね。」

「ええ、そうです」と少女は答えた。「私は夢を見ることをいつも本当に楽しみにしています。それはおそらく美しい祈りの言葉によってもたらされますが、それは眠りにつく前にいつも私が古いイタリア語で歌っている言葉なのです。ドイツ語でも言い表せますが、言い表しますとこうなります。でも皆さんはちゃんと注意して耳を傾けていただかなければなりませんわ。」

そう言うと、言葉に言い表せないほど優美に、ジュリエッタはきわめて単純な調べで次のように歌ったのである。

「安らかに眠りたいの、
すてきな夢を見たいの。
天界から、

天使さんたち、いらっしゃい。
私と遊んでくださり、
上へと手招いてくださいな。
お目々はもう重いの、
天使さんたち、いらっしゃい。」

ジュリエッタはこう歌うと懇ろなあいさつをして出て行き、全員はとても朗らかな気分で作業にとりかかった。

四

もっとも夜になると、再びかなり奇妙な戦慄が若いヴェルナーの心に生じたのである。ヴェルナーにすれば、それでもやはりまるで黒い軍服に身を包んだ騎士が再び夢の翼に乗ってベッドに荒々しく近づいてきて、恐ろしい悲鳴を上げて自分の耳に向かってわめいているような気がしたのだ。そのうえ、寂しげな晩の沈みつつある雲を目の前にしたヴェルナーにすれば、白昼にことさら愛らしいジュリエッタお嬢ちゃんの話から心に吹きかけられていた少なからぬ事柄が、快い幼少期の黄昏から思い出した事柄のように、ほとんど畏敬と言っていいほど恐ろしく思えたのであり、その恐ろしさときたら、今夜は昨夜よりもはるかに忌まわしいものになるに違いなく、間違いなくヴェルンハルスという名である恐ろしい騎士とともに癒しがたい狂気がヴェルナーのいる部屋に向かって笑い喚きながらやってくるであろうと思えるほどだった。

「なにせお供が騎士には必ずついてなくてはならないのだ！」とヴェルナーは小声で囁きながら醜い傭兵のことを考えていたが、その人物は例の絵の前景で赤茶色の軍衣を着て赤茶色の馬に乗りながら荒々しく駆け回り、意固地にかしこみながら短剣のような小刀と卑しい顔を天使の方へと向けようとしていたのである。

リープレヒト親方は愛弟子の心に生じた悪夢が再び出始めたことにすぐに気がついた。「今夜は一人で寝てはならないよ」と親方はなだめるように言ったのである。「君のベッドを私の部屋に置かせよう。」

「親方さまのお部屋に霊が立ち入れないとでもお考えですか」とヴェルナーはこもった声で尋ね、かなり不躾に目をぎょろぎょろさせた。リープレヒト親方は物悲しげな様子で視線を目の前に落としたのである。

すると、弟子の一人で、格別よい声を授かった善良で愛想のいい子供が、かなり心に残っていたジュリエッタの小歌をまったく無頓着に作業中に歌い始めた。そうなると瞬く間にヴェルナーの顔は明るくなる。「落ち着いてください、親方さま」とヴェルナーは微笑みながら言う。「邪悪なものすべてに効く呪文が頭に浮かびつつあります。お願いですから落ち着いていただきたいですし、今日私がとても早く寝るにしてもお許しください。昨夜奪われてしまいました安らぎを取り返せるものと思っているのですから。」

ヴェルナーは灯りを手に取り、陽気に挨拶をし、誰かがついて来ることを許さなかった。親方がすぐ後にヴェルナーの部屋のドアに忍び寄ると、ほとんどもう夢でも見ているような低い声でジュリエッタの歌をうたうのが聞こえてきたのである。それは言葉にできないほどの優美な響きだった。若者が慎重に蝋燭を消す様子が時を同じくしてドアの鍵ごしに分かったし、静かに寝息を立てているのも聞こえたのである。一晩中もかくも静かで穏やかなままだった。

五

ヴェルナーはそれにもかかわらず夢を見ていたが、それも大きな兜をかぶった恐ろしい騎士ヴェルンハルスを、いやそれどころか醜く厚かましい傭兵までも夢に見ていたのである。しかしヴェルナーは両者がともにかなり、かなり遠くでぐるりと自分の周りを行くのを見たが、それと言うのも二人が金の網を前にしてヴェルナーのところに来られないでいたからで、ヴェルナーはその網がかなり大きなテントのように自分の頭上に、更にはリープレヒト親方の家全体の上に広がっているのを見た。そして夢の中にいる自分をまさに一心不乱に思い出すと、その網がジュリエッタの歌から奏でられた黄金の響きによって編まれていることにヴェルナーはよく気がついたのである。するとヴェルナーはまったく筆舌に尽くしがたいほど元気でくつろいだ気になったが、そのときの気分は、自分が眠りにつこうとしている時に愛想のいい母親が柔らかい明かりの灯った居心地のよい暖かい小部屋でいまだ自分のベッドの傍で本を読んでいるか編み物をしている姿を目にしたものの、戸外では冬の嵐がしっかり固定された窓のところでいたずらにガタガタと音を立てていた子どものときのような気分であった。しかも醜い傭兵の姿はまもなくすっかり消えてしまい、ヴェルンハルスのかんばせは憂いを帯びた崇高さを保ちながら無限に気高く感動的に輝き、彼の握っている元帥杖はまさに金色の月光のような輝きを放っていたのである。しかし金の網の内側では奇妙な花が若者の周りで丈を伸ばして咲いており、見事な色が彼のパレット上に散らばり、あまりにも細い絵筆が媚びを売るように彼の手の中にあった。――これまで明るく生きてきた際に無かったほど愉快になって、ヴェルナーは目を覚ますと初々しい朝日に微笑みかけたのである。

六

当時――十五世紀中頃のことと思うが――ヴォルムスやその周辺では楽しい春の祭りが毎年祝われており、ちょうど語られた出来事の直後にそうした祭りが近づいてきた。リープレヒト親方や若い弟子たちも御多分にもれず、祭りのために彩り豊かにめかしこんだのである。彼らは当時の慣習にならい全員が髪に花冠をつけたが、早咲きのバラが親方さまの銀の巻き毛ごしにとても優雅に輝きを放っていた。これに対して、ヴェルナーの黄金色の巻き毛では、深緑のミルテの枝が本当に愛らしく厳かに色を濃くしていたのである。行列が美しいオストホーフェン村へと向かい、そこでようやく男女が別れるまで、好意を持ってヴェルナーに視線を注いだかわいらしい目はおそらく少なくなかったであろう。しかしヴェルナーの思いはただ一つで、かわいらしく飾られた緑地に皆が集まっていたときに愛想のいいジュリエッタを探し出し、彼女の心地よく響く夕べの祝福によって自分が守られたことに礼を伝える以外には無かった。

彼女は愛らしい優雅さを身にまとい、遠くからでも少女たちの列から彼に向かって輝きを放っていたが、それと言うのも彼女の豊かに編まれた黒髪がブロンドやとび色の巻き毛をもった町の娘たちから彼女を引き立たせていたからであり、今日は白いユリの花冠が実に際立ちながら、ほとんど王冠のようになってすっかり巻き付いていただけになおさらだったのである。ヴェルナーは彼女に手を差し出してダンスへと誘ったが、厳かなトランペットとホルンの調べに揺れながらゆったりとした足取りで花咲く草地を抜けて導く間、自分の身に起きたこと全てをささやき声で相手に物語った。もっとも、かの幻覚の恐ろしさはできる限り隠し、その代わりに夕べの祝福がもたらした快い安らぎをそれだけいっそう強調したのである。ジュリエッタは小さな頭を動かして愛想よくうなずいた。

「もちろん、本当に素敵なものです、私のこの美しい夕べの祝福は」とジュリエッタは言った。「私の世話をしてくださったお婆さまは夕べの祝福をいつも実に驚くほど優美に歌いました、もっともお婆さま自身の見た目は良くなかったですけど。でもそれでも、お婆さまのことは好きでしたの、青ざめた笑みを浮かべて棺台に横たわっていたときもです。善良で退屈な方々の中には私をそこから遠ざけようとし、子供にそのようなものを見せてはならないと言う方々もおられました。でも、私の今のお母さんと言ってよいゲルトラオトおばさんが言い張ったのですよ、こんな穏やかな姿で現れるぐらい好ましいものであるのなら、この子に見せられるよいものなど死以上に他にありません、と。それではっきりと言いますと、あれからというもの、今までよりも十倍の喜びと、加えて信心深さをもって、床につく前に祈り歌うことが私にはできるのです。なにせ眠りにつくことが何の前触れなのかをあれからというもの分かるようになったのですから。」

彼女はすっかり物思いにふけって数歩先へ進み、それからコキジバトのように突然明るく笑い出して言った。「私たちは二人してダンス中におかしな話をしましたね！」――ちょうどそのとき音楽が鳴り止んだ。ジュリエッタは列から出て、ヴェルナーは相手がいる芝で覆われたベンチに腰かけた。

「イタリアの美しい小花さん」とヴェルナーは静かにささやき始めたのである。

――「そもそもどちらの庭師があなたをこちらへ移植し、どのようにして移植し始めたのかを語ってくださるなら、とても素敵なことなのですが。」

「不思議に思ってお尋ねになることはごもっともです！」と愛想のいいジュリエッ

タは笑った。「私たち人間という花にとりまして、いったい神さま以外に他に庭師はいるでしょうか。それに神さまがどのようにお始めになるのか、そもそも神さましか知りません。ですけど、それについて私が知ることになったことを、私は心から喜んで話して差し上げます。いいですか、私の両親はイタリアで家柄のよい人たちだったそうですが、母は一族と敵対関係にあった一族の騎士を愛したために、相手をあきらめるか、それとも一緒に逃げるか、二つに一つしか残された道はありませんでした。もっとも心底愛していたため、当然のことながら考える間もなく、相手と逃げ出したのです。」

ヴェルナーはジュリエッタの手をそっと握りしめた。

「二人は一緒にアルプスを越えてドイツに来て」とジュリエッタは話を続ける。「すぐにその後、司祭さまから祝福を受けて結ばれました。私の父は、ドイツであってもイタリアであっても騎士の名誉を切望している人で、その数ヶ月後にこの地方の馬上試合に行き、名誉ある戦士の死を遂げたのです。早くも未亡人となったお母様は私を産み、やがてまもなく騎士の後を追いました。そこでゲルトラオトおばさんが私を引き取ったのです。――私は彼女のことをおばさんと呼びますが、それはお母さんと呼ぶのと変わりがなく、それは彼女が私のことをとても好いてくれるからで、それ以外に理由などまったくありませんでした。――そうして私は大きくなったのです。話はこれでおしまい。」

「あなたはこのようなもの悲しい運命をとても朗らかに話しますね、美しいジュリエッタ。」

「この話にもの悲しいものなど何もありません。今は亡き世話係の方が語っていたことですが、両親は言葉にならないほど明るかったですし、それに多かれ少なかれ数年間この世で過ごしましたもの。――なにせ数はまったく問題になりませんからね。それとも何か他のご意見をお持ちですか。」

「いいえ、決して持ってないですよ」と興奮している若者が答えた。「私の祖先もまた、私の知る限りですが、足早に明るく大胆に生きましたし、私としては彼らと同じようにそうあり続けるつもりです。」

「もちろんですとも。すべては神と共に！」とジュリエッタは心からの思いやりをもって言葉を添えた。「そうですから、例えば、もし二人の両親がまだ生きていたとしたら、愛しい母はおそらく駆け落ちを思いつかなかったし、勇敢な父は母にそんなことを頼まなかったでしょう。しかし、母の老いた愚かな後見人をちょっとからかうことだけに意味があったので、駆け落ちはまさしく愉快なことで、まったく罪のないものでした。ああ、世話係の方はそのことをとても面白く何度も話してくださいましたが、それと言いますのも、その方はあの当時、母の侍女だったからなのです。」

その愛らしい子は楽しく思い出してそっと心の中で笑った。

ヴェルナーはいくらか悲しげに相手を見つめた。一族の祖先にまつわると言われたもの悲しい罪の伝説を思い出さずにはおられなかったのだ。――

二人は男の美声が響いてきたことによって静かに人目を忍んでいる状況からはっと我に返ったが、その声はたった一台のツィターによって伴奏されながら二人の近くで歌い始めた声だった。それは盲目の老人で、小さな男の子がお供であり同時にツィター奏者として仕えていたのだ。老人の寄る辺のない様は、顔立ちから輝き、歌から溢れ出た気品を伴っていたこともあって、皆の心をすぐに捉えたものの、皆に控えめな尊敬の念が生じたことにより、何らかの報酬を申し出ることで歌い手をおそらく侮辱してしまうことを誰もが控えたのである。しかし皆は自分たちの盃から一献傾けてくれと愛想よく申し出たので、老人の方も申し出を愛想よく受け入れた。とりわけリープレヒト親方は一人の芸術仲間として老人にまさに心から挨拶を送り、それから皆はお互いに打ち解けた話に移ったのである。ヴェルナーは行ったり来たりした。まさにジュリエッタが他の者たちと踊ったときは、ヴェルナーは老歌手の顔を覗き込むことしかできなかったが、これに対して老人の方はといえばヴェルナーの声にすっかり格別な喜びを見出したようなのだ。というのも、ヴェルナーが近くで二言三言を口にするたびに、たとえそれ自体がたわいのない言葉であったとしても、盲人は高貴なかんばせをヴェルナーに向け、極めて上品に微笑んだからである。それはそうと、二人の老人が一緒になって何を話し合っているのか、ヴェルナーにはまったくわからなかったが、それというのも若者がまったく知らない言葉であるラテン語で二人が話していたからだ。そこで若者が二人のそばにそのようにして立ち、注意深い顔つきで耳を傾けていると、愛想のよいリープレヒト親方はときおり高らかに笑い声をあげ、上等のワインがなみなみと注がれた盃を若者に渡して言ったのである。「お前はまったく純真な奴だ、わしはやっぱりお前さんのことがとても気に入っているよ」と。――

　日が暮れた時、再び一緒になって踊ったばかりのヴェルナーとジュリエッタが近くのベンチに座って仲良くお喋りをしながら休んでいると、盲目の老人が言った。「優雅なささやきがそんなふうに私の耳に聞こえてくると、私は目がしっかりと見えるようになって素敵な二人の姿を眼の前にしているように思える。女の子の方があなたや私と一緒に私の宿へ来るのを厭わないと分かりさえすれば、今日のうちにいくつかの非常に美しい絵と歌でお二人にぜひとも楽しんでいただきたいですな。」――「それはすぐにはっきりさせるべきですよ」と嬉々としているリープレヒト親方は叫び、親方の熱望をゲルトラオト婦人は快諾した。老人は自分の手を引く少年と一緒に先に立って歩き、その後をヴェルナーとジュリエッタが控えめに手に手を取って続き、リープレヒト氏とゲルトラオトおばさんがきちんと見守るために改まった態度で続いたのである。このようにして他所から来た者の宿に到着したが、宿は市門の外にある花が咲き乱れる庭の中にあった。

一行がほんのりと照らされた広間へと足を踏み入れたところ、その広間の背面は暗緑色のカーテンで覆われていた。――「あそこでとても美しくて明るいものを見せてやるよ、子供たち」と盲人はジュリエッタとヴェルナーの手に触れて撫でながら言ったのである。「お前さんたちのような信心深い良い子らのためにちょうど特別に用意をしていたんだよ。」

二人はまるで子供に戻ったような気持ちになり、クリスマスイブが甘い慄きとともにきらめきながら次第に近づいてくるかのような気分だった。二人はカーテンに向かって用心深く座ったが、リープレヒト親方はゲルトラオト婦人とひそひそ話に夢中であり、盲目の老人は同じように密かに少年にいくつかの任務を与えて送り出したのである。とはいえ老人は少年のリュートを自分の手元に置いておき、それで驚くほど力強い和音を少々かき鳴らした。

するとと幕が雲のようにゆっくりと音を立てずに波打ちながら上がり、一枚のガラス絵が現れたが、それが後ろからまぶしい輝きに照らされていたこともあり、初めは眩んだ目線が思わず知らず床に落ちてしまうほどだった。しかし色とりどりの優雅なきらめきに覆われながら、皇帝の華麗な顔が見えてきて、王冠は金色で、魔法の文字状に宝石が絡み合わされ、王笏は多様な美しい偶像がまるで見事に一体となっているようで、紫のマントは銀や金からなる星形によって一面が覆われていたのである。

しかし盲目の老人はツィターの弦を力強く打ち鳴らすと、次のように歌った。

「英雄ユリアヌス、英雄ユリアヌスよ、
高きローマの英雄皇帝よ、
穏やかな星座のままでいるつもりはないのか。
燃え上がる殺めの炎として輝くつもりか。
ああ、昔日はどんなに違ったことか、
ああ、昔日はどんなに平穏だったことか、

あの時はアテネにあるプラタナスの森が
お前の大広間であり控えの間だった、
あの時はアテネの物静かで熱心な教師たちが
お前にとって軍隊であり廷臣だったのだ！
もっとも巧妙な策を用いて、
三段論法の言葉を響かせて、
そこに悪の種が蒔かれると、
種はお前の中ですぐに大きくなり、
悪の花の香りが
ひどく思い上がったお前をとりこにしたことで、
お前は亡き祖先の信仰を離れ、

誤った偶像がもたらす無気力に陥ったのだ。
英雄ユリアヌス、英雄ユリアヌスよ、
名声とはれやかな栄華を末長く受けていたなら
他のあらゆるローマ皇帝に先んじて
お前こそキリスト教徒として栄華を極めていただろう。
しかし何ということだ、ああ英雄ユリアヌスよ、
お前は見捨てたのだ、お前の守護者たるあの方を、
あらゆる神々にとっての神たるあの方を、
勝利と高き力をもたらすあの方を。
ああユリアヌス、諸侯の誉れ、
アウロラのように希望に輝く者よ、

あの時お前の朝は夜となり、
あの時お前のフローラは血になったのだ。」

幕がゆっくりと降り、弦の音がかすかな和音を響かせながら物悲しげな余韻を残した。ヴェルナーはさめざめと泣き、彼としても聞かれたところでなぜなのか自分で説明できないでいたのだ。ジュリエッタはヴェルナーの涙を上品なハンカチでそっと拭った。

幕がまた上がり、胸像画が輝くガラスの上にまた現れると、ヴェルナーは翼のついた兜のことが古い絵の自暴自棄になっているあの旗手だと分かったのだ。兜は巻き毛の上にあったが、その下にはまったく別の顔があり、それは天使の顔つきをした穏やかな顔であったものの、英雄の嬉々とした力がみなぎっていたのである。ジュリエッタがそっと囁いた。「ああ、これってまさしくあの方だわ！　ああ、メルクリウスの兜は本当にあの方のもの！」と。

もっとも老人は大きなゆったりとした声で次の詩を歌い、それに合わせてほんの僅かに弦を鳴らした。

「メルクリウスよ、誠実な騎士よ、全皇帝軍の
栄光の誉よ、いくたの戦さでは、
敵に抗い、ローマの国を守った者よ、
輝く武器の中にある玉座の周りで喜びにあふれ、

汝の君主、華麗なるユリアヌスのお気に入りである
諸々の者たちを前にして、何と真顔でお前は
緋色の幕屋にかかる幕を通って入ってきて、
手には金の羽兜を持ち、
こんな言葉を歯に絹着せずに言ったのだ。
『我が主にして皇帝陛下、
オリュンポスの高地に
神々の宮廷全体があり、
主ユピテルが高き玉座におり、
他の神々が位階順に居並ぶと信じておりました頃、
ご一同によっていかにも私のために選び出された

この兜を私が気に入ったかもしれなかったが、
それはわが名がメルクリウスで、聞くところによれば
メルクリウスこそ羽を持つすばやい神で、
これと同じような羽兜を私が持つ故のこと。
しかし近頃よりよき光が私に差し込んだ。
私の知る限り、オリュンポスの神々は皆
ひどく見境なく蔑ろにされているが、
ただひとり誰からも詮索されることなき神がおり、
一度人間になり、キリストと名乗ったのだ。
その名をいただいて今の私は洗礼を受けているだけに、
いまや私に厭わしいのは陛下の羽兜。

兜を引き取り下され、さすれば神が陛下に光を与えられます。
それはそうと私は陛下に仕えます、御心のまま、
絶えず忠実な司令官として、
そうだ、望むらくは、これまで以上に仕えます。』
ユリアヌスは激しい怒りにかられ唇を噛むものの、
無理して偽りの好意を示すが、
それはメルクリウスのことを全軍が慕うからで、
彼は相手を愛想よく立ち去らせた。それから
他の司令官とともに人目を忍んで
天幕の極めて暗い部屋に身を隠したのだ。」

再び幕が下り、少し経ってまた再び上がり、ヴェルナーは皇帝ユリアヌスが古い絵の中で倒れていた将軍だと前からはっきりと分かっていたこともあって、いま目に入ってきているガラス絵が黒い軍服をまとった騎士であり、彼が最初に見たぞっとする夢の英雄であるとなお一層はっきりと分かったのである。

しかし老人は明るい行進曲をツィターで奏で、それに合わせて次のように歌った。

「かの人は英雄ヴェルンハルス、
北方の国の者、
騎士の誉れを求め
たどり着いたのはテヴェレのほとり。

そしてさらに遥か彼方まで
ローマの英雄ユリアヌスとともに進み、
ついに彼らはペルシャ国境を
意気揚々と目にしたのだ。

すこぶる勇猛な戦いがあり、
実に少なからぬ槍が折れ、
ヴェルンハルスは見なされた
軍隊一の勇者であると。

そこで上機嫌になった騎士。

それはまさしく彼の戯れ、
彼の踊り、それも中でも
最も お気に入りの踊りとなった。

騎士の上機嫌は長く続き、
依然として続いたであろうが、
もっとも以前ユリアヌスにより
陰謀に加えられたのは別のこと。

皇帝は言った、『我がドイツの騎士よ
我がためにメルクリウスを仕留めよ、

うまく仕留めて殺すのだ。
我が安寧を汝に託した！』

『ああ陛下、奴は見事に
幾度となく陛下の敵を倒しました！
ひどく陛下は悔やまれるのでは、
奴が倒れましたなら！』

『それは我が事ではないか、
それに我が敵は神にあらず！
なにせ奴はぬけぬけ嘲笑って

我らに対し神々の復讐を叫んでいる。』

『陛下、奴を走り去らせましょう
奴の赴くままに。
我もゼウスの名を挙げたくありませぬ、
信ずるはオーディンのみ。』

『おお友よ、おそらくすべての神々は
我にとって偉大なれど、
我が敵は万人にとり瀆神者、
神々をひどく罵るのだ。』

『オーディンを悪し様に言おうものなら
向こう見ずな輩が、
しかれば報復してやるものぞ
奴の賢しらな頭に対して。』

するとと幕屋から飛び出す
猛り狂った北方の男、
直ちに壮絶な
激闘が起こったのだ。

正々堂々打ちかかったヴェルンハルス、
しっかり身を守ったメルクリウス。
されどローマの男は崩れ落ちた、
北方の男の剛毅を前にして。

北方の男は相手に情けをかけ、
最後の一撃をとどまったのだ。
そのとき皇帝の褒美のことを
思いだす厚顔無恥な一人のしもべ。

しもべは弱った者を仕留めたのだ、

打ちのめされて倒れていた男を。――
それ以来だれも目にする者はなし
北方の勇者が快活に笑う姿を。」

幕が最後に下がった。老人のツィターがジュリエッタが歌う夕べの祈りの調べを奏でたのだ。皆は考え深げに静かに解散したが、朝焼けの未来を予感するかのように、ヴェルナーと愛らしい少女の二人の思いを前にして、白々と夜が静かに明け始めていた。

七

それからというもの夜ごとに盲目の老人はリープレヒト親方のアトリエに姿を見

せ、メールヒェンを語り歌をうたったのである。老人はその後いつもゲルトラオト婦人の住まいを必ず通り過ぎたし、敬虔なご婦人は愛らしい里子が親切な賢者リープレヒトの元へ出かけて行くことに何も言わなかったこともあって、偶然にもほぼ毎度、ジュリエッタは一緒になって謎めいた老人の話に耳を傾けた。ジュリエッタはそこでヴェルナーとリープレヒトの間に場所を取ったが、まるで夕べのそよ風のようにいつも軽やかにそっと入り込んできたにもかかわらず、盲人はまったく不思議なほど確信をもってジュリエッタがそばにいるのを感じたのであり、そこから見て取れたことだが、老人は自分の話や歌の花園で芽吹いていたものの中でも一番愛らしくて繊細なものをすぐにでも探し出そうとしていたのである。もっとも、皇帝ユリアヌスや司令官であるメルクリウスやヴェルンハルスについて続きを語ってほしいと頼んだところで、それだけは彼女にしてもなかなか老人にその気になってもらえなかった。——

「そのような話はいささか厄介なんだよ、お前さん」と老人はせがむ相手に半ば冗談、半ば本気で答えるのが常であり、自分に見られるような燃え尽きた生命のともし火が、そもそもいまだ燃えているというのであれば、嵐の中であちこち引き回してはならないと相手に考えさせたのである。それからジュリエッタはもの悲しげに静かに黙っていて、熱い懇ろな涙を数滴ほど老人の手の上に落とし、それに対して老人は冗談めいていたか、もしくは心を弾ませる冒険譚を語り始めた。

しかしながらヴェルナーは、威勢のいい若者らしく、詰まるところそんな話で満足する気が無くなっていた。――「我がマイスタージンガー様」とある晩ヴェルナーは言ったが、それというのも皆は名前を知らない相手をそう呼ぶのに慣れていたからで――「我がマイスタージンガー様、皇帝ユリアヌスと司令官たちについての荘重でしばしば憂鬱な話をしたことでジュリエッタをずっと脅かし続けていることは、かなりお上品な慰みごとでありますし、可愛らしく小心翼々としている様はこのお嬢さんに格別お似合いです。ですが、私たちのような若者の場合、それでは長くはもちませんん。私たちはどちらかと言えば少々粗雑にできていますので、あなたのような英雄めいた老人が何らかの世間話で卒倒して私たちを心配させることがあるなどと、本気で思っておられるのでしょうか。」

「おお！」と元気のよい老人は笑った――「おお、お前は抵抗するが、それはかつて騎士ヴェルンハルスだけしか行わなかったような大胆な抵抗だな！　そうなると前にあげた英雄たちがみなどうなったかを、お前たちに当然のことながら教えてやらねばならぬ。わしの話をよくお聞き、なにせ厳粛でかなりためになる話だからな。」

「つまり敬虔な司令官であるメルクリウスが翼のついた金の兜を皇帝に宛てて丁重

に返却した後のことだが、腹を立てた支配者が幕屋の中に最初に呼び出したのは、勇敢なヴェルンハルスでなく、それどころかひどく邪悪で狡猾な性格でひどく不快な姿をした一人の軍人だった。彼らは軍の中でこの男をあだ名でムスクラ（ドイツ語の意味は小バエ）と呼んだが、なぜかといえば、そのような生き物がよくするように、至る所で手を摺り合わせたし、自分に一瞬必要と思われたものを取り込むやいなや、再び手放してしまったからである。本当の名前を残しておくことは、説話も歴史も必要とみなさなかったが、なぜかといえば、なにせそのような輩については本当のことなど何もないからだ。――さて激怒したユリアヌスはこのムスクラのことを操り人形とみなしたが、それは元々気高いものであったものの、ただあいにくとても異教的になってしまった意識に入り込んだ邪なものを実行するためであった。だがムスクラは、必ずしも司令官のメルクリウスと一戦交えたがっていたわけでもなかったので、陛下が近頃耳にしたようなやり方でヴェルンハルスを唆してはいかがでしょうかと皇帝に助言をし、ことが平和裏に終わりそうな場合、酷いことに最も酷い追い討ちをかけるべく横柄で邪な小姓も用意したが、まさにそんなこともあって例のたくらみが血なまぐさい一件になったのである。」

「メルクリウスはその時まで皇帝本陣の軍旗を掲げていた。ユリアヌスは軍旗とともに翼のついた金の兜も勇敢なヴェルンハルスに委ねるつもりだったが、気高い北の男は蔑みを伴う嫌悪を示しながら背を向けたのである。『我が兜は』と男は言った。『自分に本当にぴったりです。兜によって形作られた野獣の顔は、我が内なる心の現れかと思えます。といいますのも、メルクリウスを打ち殺してからというもの、我が本質がどれほど野蛮で激しく抑制の効かぬものであるかようやく気づいたからです。それは、つまり、本当の真実としてこの仮面の背後にあるものなのです。それは実に恐ろしく見えるに違いありません。しかしだからと言っても心配はご無用です、皇帝陛下。むしろ私はいよいよ今からペルシア人に激しく斬りかかっていくつもりです。私は戦友のメルクリウスに情けをかけなかったでしょうか。今度は敵にどれほど情けをかけるというのでしょうか。』」

「ヴェルンハルスは背を向けて去った。ヴェルンハルスの奇妙な言葉に対する恐怖が皇帝の心に忍び寄ろうとしていたが、ムスクラはいくつか覚えていたギリシアの格言を言うことで皇帝から恐怖を払いのけ、その報酬として翼のついた兜と軍旗を掲げる役を受け取ったのだ。とかく人々は、一方の報酬がもう一方のと同じくらいにムスクラには似合わないと言ったし、兜をかぶったムスクラがまるでワシの巣から出てきた一羽のスズメのように見えると言ったものの、ムスクラは普段の体調がよい限り皆のどんな嘲りもあまり気にかけはしなかったのである。」

「きっと私なら言わずにおれなかったことですけど」と、ここでジュリエッタは話を遮った。「翼のついた兜は、自暴自棄になっている醜い騎士のために作られたのではありません。」

「まったくそのとおりだよ、お嬢さん」と老人は言った。――「お前さんはケルンから来た例の不思議な絵に描かれた兜のことを言っているんだな。その絵をここへ持ってきて、ちょうど良い明かりのところに立てておくれ。私たちはこれからその絵を必要とすることになるかもしれないよ。」――指示どおりに行われると、老人は次のように語った。

「それ以来、噂によれば、深夜になるとメルクリウスの亡霊が皇帝の枕元に立ち、回心し悔い改めるように熱心に頼むことが少なくなかったのである。ヴェルンハルスの主張も確かであって、それによれば、撲殺された友人が夜毎『ユリアヌス！ユリアヌス！』という嘆きを耳打ちし、それから自分の枕元を離れて皇帝の幕屋へと漂って行くのであった。それゆえヴェルンハルスもまた毎朝ユリアヌスを戒め、反省をしていただき、完全に正しいのはもしかすると騎士メルクリウスの側ではないかと慎重にご検討されてはいかがであろうかと言ったのである。だが、ユリアヌスはその後ますます怒り狂って強情になっただけであったので、少なからぬ他の敬虔なキリスト教徒たちをさらに殺すように命じたが、彼らは夢を見ていようが目覚めていようが十二時から一時の間にしばしば皇帝の陣営で怪しげなことをしていた者たちであった。」

「このような残酷で陰鬱な毎日が続く中で、皆はペルシア人の国に一層深く入り込んで行ったのである。ヴェルンハルスは自らの北軍を率いて離脱しようと思ったことが何度もあり、ムスクラのことがあまりにも不快に思え、メルクリウスが死んでからというもの軍隊生活全般があまりにも楽しくないと感じていた。だが、当時、その一方で非凡な皇帝のことをあまりにも慕っていたのである。しかも、激しい小競り合いが続く中で雌雄を決する日が既にさし迫っていたこともあって、名誉を重んじる人ともなれば陣営を離れることなどできないのであった。」

「するとついに森林におおわれた峠道が夕方の積雲から出て軍のすぐ前に現れたが、そこでは敵が最後の力を振り絞って立ち向かってくるものと分かっていたのである。進軍が停止された。軽快なガリアの騎兵たちは、ローマ軍の静けさを破らぬまま、一団となって野を駆け抜けたのである。たっての願いでヴェルンハルスが軍を率いた。それというのも戦闘の前夜、殺された友の亡霊があまりにも恐ろしかったので、眠るなど考える気にもならなかったからだ。確かに奇異な幻が、夜間の進軍をする戦士たちの疲れ果てた目に入り込むのはよくありがちなだけに、案の定、ヴェルンハルスにも訪れ、しかも高潔なメルクリウスの警告する姿を取ったものの、しかし、偵察に出された兵士の何らかの報告、あるいは敵の前哨が発する鬨の声が、はかない幻をすぐさま吹き飛ばしてしまったのである。」

「すると次のようなことが起こった。メルクリウスを殺した厭わしい小姓が、荒々しい赤褐色の馬に乗って北方の男のそばを駆け抜け、男をせせら笑ったのである。そのときまで亡霊はまだ男の前に再び姿を現していなかった。ヴェルンハルスは激しい怒りに駆られて剣を引き抜き、巨大な銀白色の戦馬を三度跳躍させて鬱陶しい人殺しに追いついた。相手は不安を抱きながら逆らって『俺は皇帝の使いだぞ』と叫んだものの、ヴェルンハルスの巧みな剣さばきによって空を切る音がしたのである。――悪党は鞍にまたがったまま怯えてうずくまり、お助けをと叫んだ。――すると腹いせをする北方の男の目の前にメルクリウスが立ちはだかり、少々縮れた髪の毛がある頭を振ってその振る舞いを拒み諌めた。そして腹いせをする者は雄馬が尻をつくほど力尽くで馬を止め、恐ろしい剣を下ろすと、亡霊は消え去ったのである。――だが、逃げる卑劣漢の背後から、ヴェルンハルスは力強い声でさらに言葉を浴びせた。『皇帝がこの地で命令を送らねばならぬ相手、それはわしただ一人、命令伝達の際に皇帝はお前以外の者を送り込まねばならぬが、それは騎士メルクリウスが邪魔をすることもないともなると、わしが何としてもお前をぶちのめすことになるからだ』と。いっそう激しい驚怖に駆られて、殺人者は馬に乗って闇夜の中へ駆けていった。」

「夜が明けつつある間、騎士には東雲の中に恐ろしい顔が沈鬱悲壮な面持ちで現れたように思えたのである。これらの顔は、ユリアヌスに処刑されたキリスト教徒たちにこのところ騎士が認めていたと思われる顔に似ていたのだ。そうした者たちの顔の中には、殴り殺されたメルクリウスの度重なる出現とは違い、優美高妙なものは何ひとつ無かった。――『刑場の首吊り台では、武装した一騎打ちなんかよりもかなりひ

ど い殺され方なのかもしれぬ』 とヴェルンハルスは独り言を呟いたのである。」

「そうしている内に、 隊列を組んだ抜刀の大軍が角笛とラッパを吹き鳴らしながらこちらに迫ってきた。 森の崖から現れたペルシア人たちは、 見慣れないあまりにも豪華な飾りの甲冑を身に着けていたのだ。 ペルシアの将軍たちの雄叫びが聞こえ、 それに混じってシンバルとティンパニの滑稽な音色が響いた。 するとヴェルンハルスの心はまたしても実に自由闊達なものとなったが、 それは、 戦が始まる瞬間に然るべき男たちが得てしていだく感情だったのである。」

「皇帝ユリアヌスは厳かに大軍の中を駆け抜けたが、 皇帝の馬はヴェルンハルス殿の雄馬と比べて一層美しい銀白色で、 格段に誇らしげで慎ましやかな足取りだったのだ。 鞍具があれこれある代わりに緋の衣が一枚かかっており、 皇帝の手綱も緋色で、 その手綱に恭順な獣は御されていた。 皇帝自身は兜をかぶらず、 頭がまったくむき出しのまま、鎧も着けず、緑色のトゥニカ〔古代ローマ人の表着〕とすみれ色のマントを着ており、武器としては自身の名剣のみをただ脇にさし、黄金の指揮棒を手にして現れたのである。そうしたいで立ちは古のローマの英雄たちのしきたりになっていたのであり、軍団はそれを思い出して歓喜の声をあげ狂喜した。だがその一部始終が単に異教的な傲慢不遜に由来していたため、メルクリウスのおぼろげな霊はかつて自分が敬愛した皇帝の進路を遮って再度の警告をしようとしたのである。少なくとも君主の名馬が怖気づいて立ちすくみ、君主が手で拒絶する振る舞いが見て取れ、こう言うのが聞こえたのだ。『去れ、去れ！　キリスト教徒の天国とやらはお前のものだ。だがな、人間の目、耳、声が届き得る限りの世界は今やことごとく私のものでなければならず、そうならなければならないのだ。』――それから皇帝はヴェルンハルスの方へ馬で向かって行き、お主は昨夜わしの使者に随分とひどい仕打ちをあえてしたのだなと本気で叱ったが、それに対し騎士はとても真剣に答えた。『使いの者のことでとやかく言われるのなら、陛下は予めちょっとだけでもちゃんと調べておくべきだったのではないでしょうか、メルクリウスがあらゆる神々の父たる者の使いなんかでなかったんではと』――だがユリアヌスは相手に対して口を閉じ、妄想を捨てるように命じたのである。同時に自分自身の元帥杖を相手に手渡すと、この日の全戦闘の司令官に任命した。するとヴェルンハルスに流れる騎士の血が嬉々として燃え上がり、いずれの疑わしい考えも忘れて軍勢の先頭へと馬を駆り立て、眼光炯々と敵のいる位置を見定め、全軍の各所に騎兵を送ったところで、攻撃が始まったのである。」

「勝利への高揚感に包まれながら岩山を登り、谷底へと降りる進撃があった。どの方面でも実に激しい攻撃にさらされたこともあって、ペルシアの司令官たちはお互いを支援して敵を巧みにおびき寄せる戦略を以前一致して取り決めていたにもかかわらず忘れてしまったのだ。矢や槍の投擲や刀のうなる音、ローマの軍用ラッパによる合図、攻めて来る者たちの雄叫び、これらによってどの者も盲滅法に陥り、自軍の敗北に目を向ける十分な余裕も無かった。さながら何千倍にも数を増したかのようにヴェルンハルスはいたるところに現れ、その隣には皇帝がおり、二人が白馬にそれぞれ乗って乱戦の中を走り抜けていくと、ペルシア人たちは彼らのことを怒れる神々だと思ったし、二人が先陣に現れると、ローマ人の少なからぬ者たちでさえ有頂天になって二人のことを双子のカストールとポルックスだと思ったが、双子はゼウスの息子たちであり、古い伝説によると勝利の炎として知られていたのである。一層激しくローマ人たちは迫り、一層肝をつぶしてペルシア人たちは逃走した。それだけに、勝ち誇ったローマが今後数百年のうちにこれ以上に栄光に満ちた日などまったく認められないかのように思えたのである。雷鳴が続けざまに空に鳴り響き、暗雲が近づき、昼を夜に変えたのだ。――『神々は明らかに私たちと共におられるのだ！』とユリアヌスは叫び、燃え立つような誇らしげな眼差しで大空を見上げたが、顔面蒼白になってすぐにまた目を閉じた。というのも真っ黒なうす雲の隙間からおぼろげな姿がまるで窓から覗き込むように血まみれの峡谷を見下ろしていたからである。それはユリアヌスによって斬首されたキリスト教の長老たちだった。」

「皆さんは彼らの姿をそちらで目にするんではないかな。そちらで目にすることができるに違いない！」と言って話を中断し、ケルンからきた不思議な絵を指さした。密かに恐怖を感じながら誰もが気がついたことだが、最初は靄と思っていたものは実際は怒りに満ちた弔いの雲から顔を出している者たちだったのである。

「そうですな」と老人は続けた。――「皆さんは驚いておられるが、そのようにかのユリアヌスも驚いたのだ。だがユリアヌスはすぐにさっと立ち上がり、新たな悪意にとらわれてこう叫んだのである。『連中は私に何もしない！　もっと手強い者が来るに違いない』と。――かくしてこのもっと手強い者が来たのだ。――というのも、不意に雲のかたまりがことごとく明るい光線を前にして二つに割れて、澄んだ光の道に場所をあけたものの、大地に深々とただ暗闇だけが沈んだのであり、光の中ではメルクリウスが天使として、裁きを行う厳格な美しい天使として姿を現したのであり、彼のもとからは太陽の輝きが、というよりもむしろ太陽の矢が放たれたのであり、ユリアヌスは白馬から落ちて死に、その脇では気高い白い獣が身近に死者たちがいることに気づきながらまるで瞑想的に死の夢を見ているかのように倒れていたのであり、ローマ人たちは自分たちともペルシア人とも入り乱れ、誰もが逃げ、誰も勝者とはならなかったからだが、皆さんにこうした様子をあのひどく燃え上がる絵が示しているのだ。ほら、あのムスクラは恐怖のあまり自暴自棄に陥り、卑劣な手段で手に入れたあの軍旗を、逃げ惑いながら振っている！――あの人殺し小姓の姿も見える、もう半ば地獄の住人になりながら、メルクリウスに対して、またもや威嚇するように、厚かましく短剣のような眼差しを上げている奴を！――辛抱だ！ 奴にとりつく奈落はすぐそこだ――奈落、その中でムスクラはメルクリウスに向かって突き進む！――おそらくお前たち二人なら、前景に描かれたあの兵士のように、目が眩んで硬直し、膝をついて無様に崩れ落ち、奴のように盾を前に突き出していることだろう、あまりの光の輝きに心と目が恐れおののいて！――ああ、白馬に乗る男は――なおも誠実に皇帝を探しているが――馬によって、それもわが身に感じた驚愕によって、恐怖の谷から脱した――ああ、ヴェルンハルスよ、それがお前だ！――大混乱に陥って敵も味方も逃げ惑う軍隊の中で、いったいお前はなぜ消え去らないのか！――それは、お前の誉れ高き心が混乱してしまい、ああ、完全に混乱し血まみれの狂気へと陥ってしまったからだ！――死に向かってお前は優雅に荒ぶる馬に拍車をかけた。それから木製の海馬に、つまり実にあしの速い小舟に乗り、周囲の海岸をことごとく巡り、行く先で殺人と放火を引き起こしたのだ――ああ、いたわしや、いたわしや、ヴェルンハルス！――それに破壊された先々の町で女子供と年寄りが泣き悲しんでいると、一層大きな声でお前は『ユリアヌス！』と泣き叫び、さらにその中へ火つけ棒を投げ込んだ――だが私はお前の英雄的な徳を悼む、身の毛のよだつほど狂気の沙汰に成り果てた徳を！私は静かに嘆き悼む、おお、ヴェルンハルス！」

すると、秋の葉をゆらす夕方のそよ風のように、静かに、静かにささやきながら、老人の声は消えていった。なかば気を失ったように老人は再び安楽椅子にくずれこみ、頬には涙が光っていたのである。

「あなたがやいのやいのと言って何をしでかしたか分かったでしょ！」とジュリエッタはヴェルナーに言い、自分の習いに反して心底腹を立てながら相手を見つめた。老人は少女の真面目な叱責を聞いて、それに実に愛想よく微笑むと、新たに力がみなぎる中で上体を起こして言ったのである。「わしの若い友達にあまりにひどい仕打ちをしちゃならんよ、ご立腹のナイチンゲールちゃん。またもや元気になったわい。だが、お前さんの夕べの歌、あれをもう一度感じよく歌っておくれ。わしらは今日とても深刻な物語について、それもとても偉大な勇者たちについて話したが、遥か昔の罪人の大地にとっても随分と昔から迷い続けた亡霊たちのことも部分的に話したのだ。

悪夢に用心に用心を重ねなければいけない者が私たちの中にも少なからずいるのかもしれない。」

この言葉を聞いてひどい悪寒がヴェルナーの全身に走ったが、ジュリエッタの声が愛らしい夕べの歌をそっとさえずり始めるや否や、不気味なものはまったくヴェルナーから遠くに消え去り、皆と同じようにヴェルナーは朗らかに眠ったところ、夢の中で感じのいい幻が現れたこともあって、目覚めた後も憧れに満ちた思いでそれらに手を伸ばしたが、それがそもそも何だったのかをかなりはっきりと思い出すことはできなかったのである。

八

その後の晩にいつもの仲間が再び集まり、ジュリエッタもその中心で溌剌としており、皆のまなざしは期待に満ちながら老人の唇に注がれていた。しかし、老人は非常に深刻になって黙りこくり、光を失った眼差しを不思議な絵に向けたままだったのである。すると少女に思いつきがあり、それがどのように思いついたのかは分からなかったものの、普段は大好きな絵画に魔法が隠されていて、それ以上に大好きなおじいさんを煩わしているんじゃないかと思いついたのだ。少女がヴェルナーに密かに目配せをすると、二人は共に立ち上がり、音を立てずに画板をそっと取り外そうとした。しかし老人はそれに気づくと、愛想よく微笑んで言った。「無駄な苦労をしなさんな、お前たち。その絵を部屋から運び出したら、私の心眼からも見えなくなってしまうとでも思ったのかい。その絵がいかに煌々と輝きながらそこに呪縛されているのかが、昨日よくよく気づいたんじゃないかい。ああ、わしがキラリと光る明るい若者の目で絵を見たのは、心底こころを踊らすかなり大事な日であった。見事に磨き上げられたガラス板の上に——お前さんたちも知っているガラス板だが——その上にわしはステンドグラスのように自ら輝くきらびやかな画板から壮大な様子をまねて作ったんだ。——それはいつか王宮の窓飾りに用いられるものだが——おお、自分はあの記憶によってどこへ再び連れて行かれるのか——しっ、静かに！——ジュリエッタお嬢ちゃんや、わしは今日何も語れんのだよ。怒っている厳格な亡霊のあまりにも多くの者たちが心の内でいまだ目覚めて、話の勢いを見事に操っている。——今日はよす、話はよす！——だが、お前さんはな、わしらに短いお話を聞かせておくれ、お前さんの花のような心から花開く、そんなとても快いものを。」

「おやまあ、私は素敵なお話をたくさん知っていましてよ」と愛想のいい少女は笑った。「私のおば様は美しい事柄をたくさん話してくださりました。ちょうど今、思いついたものがあります。ですけど、それはもうずっと、かなりずっと前に、五十年くらい前にさかのぼって起きたと言われていることで、ひょっとしたらもっと前のことかもしれません。」

リープレヒト親方はよそ者の老人の顔に浮かんだ微笑みが自分自身のそれに応じるさまを目にしたのにひきかえ、若者たちは半世紀を半永久のように思った少女の時間測定にまったく何も言えずにいたのである。

だが、ジュリエッタお嬢ちゃんは次のように語り始めた。

「むかし騎士見習いの若者がいました。高貴な血筋の方です。もっとも自分がとても素晴らしい家柄であることを長きにわたり自ら知ることはありませんでしたが、ついにある時まったく思いがけず知ることになり、その結果、探し求めた数々のかなり古い古文書によってそれが正真正銘の事実であることが分かりました。若者の心は奮い立ち、とうに失われた昔の栄華を我が一族に取り戻し、これまで誰も目にしたことがないような豪華なお城を立てねばならぬと思ったのです。そのための計画をある程度練っておかねばならなかったはずなのに、何よりもまず異国に出向き、若さに任せて古き誉を取り戻そうとし、しかも実に簡素な小姓用の甲冑をまとい、見栄えのしない仔馬に乗りましたが、そうしたのは、一族の古い栄華をいまだ守り通せぬ者はさしあたり何も知らぬまま世渡りをせねばならぬと思ったからでした。」

「それならその若者は私の求める人でした！」とヴェルナーはささやいた。「まさにそういう行いでしたら私もしたことでしょう」と。この言葉に対してジュリエッタはとても愛想のよいまなざしを送った。

「若者は東に向かう旅を決意し」と彼女は続けた――「まもなくギリシア皇帝の都に着いたのです。都は当時コンスタンティノープルと呼ばれていました。ところでまさに同じ時期にアポローニアという名前のすばらしく美しい皇帝の娘がいたのです。しかし、その娘には邪悪な継母がおり、皇帝の意志を好きに操っておりました。継母は美しいアポローニアがいつの日かわが子らのずっと上に立つのではないかという恐れを抱いていたこともあって、王侯貴族が誉れ高い優美なアポローニアにした結婚の申し込みをことごとく撥ねつけたのです。」「もっとも継母にすれば天使のような娘の結婚相手は、平和を好む遠くにいる者に限ってのことですが、極めて偉大な王がよく、近くにいるどこかの名だたる武人ではだめだと思っておりました。それと言いますのも、近くの武人となりますと、コンスタンティノープルを絶えず苦しめていた襲撃を野蛮人が行った際、最も決定的な局面で夫人の権利を行使するのではないかと継母が恐れていたからです。『でも』と継母は常々言いました、『それもまたよしだが、娘の結婚なんて無いのがもっとまし』と。」

「そんなわけで騎士見習いのあの若者は、ああ、何という間違った道を選んでいたのでしょうか！　若者は戦さで見事な手柄を立てることで若い侯爵令嬢の手を勝ち取りたいと望んだのです。たしかに若者が戦場で始めたことはことごとくうまくいきました。なぜかと申しますと、若者はかつて行列の際にアポローニアを目にしていたこともあって、彼女の姿が彼の心に光り輝いて差し込んで心を躍らせていたからなのです。しかし若者の誉が高まれば高まるほど、美しい令嬢の継母は騎士が宮廷に現れるかもしれないことにますます我慢がならなくなりました。と言いますのも継母には、若者がいかなる思いを抱いていたか、ある程度薄々感じていたからなのです。」

「ところで、唯一の喜びとして、若者は絵がとても好きでしたし、それに併せて美しい花もとても好きでした。そのころ若者はいつも誰にでも開かれている皇帝の壮麗な庭園を夜のしじまにそぞろ歩きをすることが少なくなかったのです。若者はいつもとりわけ人気がないすばらしい場所を探し回っていましたが、そこは高台の木陰から陸と海を遠くまで見渡せるような場所であるか、あるいは滅びた古代の英雄世界の遺跡が誇り高いもの悲しさを伴いながら偉大なる日々を思い起こさせるような場所でありました。邪な継母は、いつも悪だくみを練っていたにもかかわらず、生まれながらの気高さゆえに、似たような場所を探したので、日陰の多いプラタナスの丘で騎士見習いとあるとき出会うということがたまたま起きたのです。彼は芝生に腰を下ろし、花言葉のある花で花輪を編み、さらに愛と誉れの静かな歌をうたい、脇に置かれていたツィターを右手でかき鳴らしていました。」

「さて、例の腹黒い女は宮廷で若者のことを決して認めようとしなかったし、これまで騎士のことを聞こうとも思わなかったので、彼女が恐れ嫌悪するニカンドロスが——そのようにギリシア人たちは若者を呼んでおり、それはドイツ語で勝者を意味する名前でしたが——まったく簡素な騎士見習いの身なりをし、そこの草地に腰をおろして花を探しているなど、女にはその時思いもしなかったのです。継母は騎士に尋ねましたが、彼女なりにかなり愛想よく尋ねたのです、こんな人気のないところで何をされているのですかと。若者は、恐らく誰を目の前にしているのかを気づきながら、自分は明るい花を眺めることで自身の暗い人生を晴れやかにしようとしているだけにすぎません、と恭しく答えました。花の言葉が分かるのですか、と継母はあざけり笑ったのです。——『分かりますとも』——つまり皆さんはきっとご存じかと思いますが、オリエントの人々は、私たちが文字を用いるのと同じように、花を几帳面にそれぞれアルファベットにしていましたし、花束の正しい取り合わせを心得ていさえすれば、それによって実に美しく意味明らかな手紙を書けるのです。しかし継母はこの優美な技芸についてほとんど理解していませんでした。高慢ちきな考えにとらわれていた継母にすれば、花はいつであれまったく愚かで何の役にも立たないものにしか思われていなかったのです。」

「だが、ジュリエッタお嬢ちゃん」と老人が尋ねた。「お前さんは花言葉を知っているのか。そうだな。」

「ときどき取り違えてしまいますの」と少女は答えた。――「でも後でちゃんとした綴りと花の束編みに行き着くことで、取り違えなんかなくなってしまいます。さて、高貴な騎士見習いは花の言葉が分かっていましたし、おそらく聞いて知っていたに違いありませんが、高貴な侯爵令嬢もそれを分かっていました。しかし意地の悪い継母がそれに通じてなく、その点で三歳の子供が本を読むのと変わりがないことを、騎士見習いはかろうじて自分に向けられた相手の少ない質問からも気づいていたのです。しかし、その時、王妃は美しいアポローニアにもう一度優しくしてやらねばならないと思いついたのですが、それと言いますのも、継母は親切に振る舞うことが折に触れてあり、そうすることで自分の嫉妬に満ちた忠告がますます皇帝の信頼を勝ち取り疑われずに済むと思ったからなのです。それで継母は騎士見習いに対してアポローニアに花束を作り、『優しい継母が最愛の子のためにこれを編みました』という内容にしてほしいと命じました。しかしニカンドロスはとっさに考えを巡らせると、従順を装いながら、その内容の代わりに、『ある勇敢な戦士が生涯お仕えするただ一人の姫君のためにこれを編みました』という言葉を編み込んだのです。――さて、それを腹黒い女が美しい乙女に持っていきましたところ、乙女は花の意味がすぐに分かり、愛らしくうろたえながら頬を赤らめてうつむいたので、この娘にはメッセージが読み取れないのだと継母は思い、いつまでも続く娘の花遊びなんかあの娘が花言葉を知る手助けになってないと思って相手をあざ笑いました。そのあと継母はニカンドロスによって吹き込まれていた繊細な記号を一語一語あべこべに説明すると、アポローニアは何もかも気づき、しかも、かろうじて独り言のように自分自身にあの若い見知らぬ英雄のことだと言い当てましたが、その数々の行いについては皆の話題になっておりましたし、英雄がトルコ人との戦いに出征するときや、あるいは人々の歓喜の声に迎えられながら戦利品の数々を伴って帰還してくるとき、アポローニアは遠く自分の部屋からおそらく頻繁に相手のことを目にしていたのです。——しかしながら、皇后様の深いご見識が今回のお遊びでも実に見事に進みましたという称賛を止めない廷臣が何人もおりましたので、腹黒い女はすぐに騎士見習いを再訪し、彼も相手を快く迎えましたが、女はアポローニアを前にして思い込みの輝きを発していたものの、勇敢な勝者から美しい令嬢のもとにまめまめしく向かった使者以外の何者でもありませんでした。このように求愛と敬意を込めた花を勝者は想い人に送ることができ、いわば光り輝く宝石のような騎士にかなった振る舞いをその間に広めることもできましたので、ある時、美しいアポローニアの親しいお嬢さんが庭の通路で勇者に黙って花束を渡さなければならないことになりましたが、その花束による天使のあいさつがすぐに理解されたこともありまして、若者は望んだことなどまったくなく、これまでほとんど予感でしかなかった喜びによって心が貫かれたのです。それに、二人の恋人が口に出した言葉を一緒になって交わすことがこれまでなかったにしても、二人にとりまして意味をもつ花が十分に語っていたのでした。――ああ、十分すぎるぐらい十分だったのでしょう！――と言いますのも、恋人たちの間で駆け落ちが取り決められていたからですが、そんなことはやはりどう考えてもあり得ないことでした。なにせコンスタンティノープルの皇帝はアポローニアの実の父だったからです。おおむね私の乳母は私にこれ以上の話を決して語ろうとしませんでした。それからの話は、乳母がいつも言っておりましたが、あまりに悲しいものだったのです。」

「当時、その方が言っていたことは本当だ」と老人は痛切な嗚咽の声で答えた。「二人の駆け落ちは見つかり、勝者は激しく抵抗した後に捕まり、二度と花を探すことができないように目を突き刺されて盲となり、傷が治ると、慈悲に託つけた嘲笑を浴びながら闇の世界に放たれたからだ。この勝者すなわちニカンドロスと同じ人物が私なんだよ。」

皆は一緒になって震え上がったが、リープレヒト親方だけは別で、親方はまったく何も新しいことを聞いていないかの様子で、戦と絵の英雄である光を失った老人の目をただ深い悲しみに満たされて見ているだけであった。他の者たち全員の中でジュリエッタが最初に気持ちを落ち着かせ、心の中でなおも重くのしかかっていたなにかを自分なりのやり方で取り除こうとしたのである。すなわち、深呼吸しながら窓辺に歩み寄り、きらめく夜空を見上げたのだ。――「ああ」とついにささやいた。――「不幸な英雄にせめて星が見えたらいいのですが、せめて一度だけそのただ一つの星が。――大事なのはその方の心が喜びに浸りながら花開かなければなりません、それも心をしっかり保ちながら笑みを浮かべてのことです！」と。

「どの星のことを言っているのかね」とニカンドロスが尋ねると、ジュリエッタは空にあるお気に入りをよき家主であるマイスターに正確に示し、こう言い足したのである。特に名前を知っているというわけではないのですけど、子供のころからそれがとても大事なものに思えていて、よく夢の中ではそれがベッドの上で見守るように立っていたのですが、すべてをよくよく考えてみますと、絵に描かれている裁きとともに祝福を行う天使のようで、ちょうどメルクリウスのようです、と。

「まさにそのとおり」とリープレヒト親方は言った。「というのも、実際のところその星はメルクリウスと言われているんだから。」

「そう、まさにそのとおりだ」と盲目のニカンドロスは付け加えて言った。「なにせ実際のところ、わしの愛らしいジュリエッタお嬢ちゃんよ、お前の先祖はメルクリウスと言われてきており、それはわが先祖がヴェルンハルスと言われていたのと変わりがないくらいだ。わしがその見事な絵画を若い頃におののきと喜びに満ちた思いで見てからというもの、一心不乱になって何もかもを調べ上げ、ヴェルンハルスが北方で海を支配する偉大なる王の一人ということもあったので、ヴェルンハルスとわし、それにわが一族全体を讃えようと思ったが、それはわしがとある王国を手に入れ、先祖代々の手柄で飾られた比類なきお城を国の中心に建てることによってである。それで例のガラス絵が、それで、ああ、ガラスのようにまばゆくはかないあまたの奇妙な夢があったのだ。――だが、今や裁きの天がこのような盲目でわが身を覆ってしまったが、もしメルクリウスの子孫がこの絵の前にいるヴェルンハルスの末裔に恵みと許しを約束しようというのであれば、わしがこの世で抱く最大の願いの一つがかなえられ、わが迷いし祖先の霊は償われ、おそらく自意識過剰なユリアヌスの霊もまた償われることであろう。」

ジュリエッタはもうとっくに盲目の英雄の前にひざまずいていて、すすり泣きながら相手の両手に口づけをし、頬をなでた。

するとリープレヒト親方が話し始め、こう言ったのである。

「だがお前たちは一緒になってそのようにどっぷりと憂いに浸るもんじゃない、それというのも私はまだ勝者ニカンドロスの話に決着をつけねばならないからで、してみると結末はまさに明るいものだぞ。良い子はそれぞれ自分の席に着いて、我慢して私の話をお聞き。」

年老いた英雄がジュリエッタお嬢ちゃんをなでながらそっと押しやり、彼女が再びヴェルナーとリープレヒト親方の間に座ると、親方は次のように語ったのである。

「美しいアポローニアは勇ましい勝者に思いを寄せ続けていたので、例の不幸な出来事があってからというもの粛々と独身生活に身を捧げたこともあって、あの野心家の継母にとても可愛がられるようになり、その後王宮と王国にあるなにがしかの財宝を望みさえすれば何でも自由に使えるようになった。そこですぐに彼女は、自分の不幸な恋人にたくさんの金や宝石を送ることに決め、神が恋人を地上にいまだ残す限り、たとえ盲目ではあれど、同時に有り余るほどの富を持つ領主として暮らしていけるようにしたのである。それが自分の姫君からのものだったので、恋人は結構ですと言うことが許されず、こうした贈り物のおかげで、なおもこの世で抱いていたと思われる唯一の望みを、無論かなり遅くなってしまったとはいえ、結局のところ叶えたのだ。」

「というのもある晩にニカンドロスが親しい仲間たちに自分の名前と運命を打ち明

けたときの事だが、一緒になって耳を傾けている若者と少女がおり、二人は互いに密かで、言葉に出さない、天使のように純粋なミンネの思いを寄せ合っていたのである。若者はなんとヴェルンハルスの血筋の者で、それも高貴なニカンドロスの大甥であり、少女の方は神に忠実なメルクリウスのひ孫だった。幼くして孤児になった若い二人は初めていきさつを同時に知ったが、それも、年老いた陽気な職人である家主が（画家として職人であったにもかかわらずマイスターと呼ぶことができたであろう）喜々として口を慎むことができなくなってしまったからだ。親方に対するニカンドロスの信頼がもとよりあってのことである。すると親方は愛らしい二人の間に座って、――いま私がするようにおおよそこんな風に――彼らの手を取り、高貴なニカンドロスのところに二人を導き、こう言ったのである。『二人を祝福したまえ、英雄さん、そして花盛りの優美な二人によってお前の老年を明るくしたまえ、なにせお前は二人の穏やかな愛とその優美さをすっかり確かめたのだ。喜ぶのだ、ヴェルンハルスとメルクリウスの一族が一つとなって輝き、昔日の亡き英雄たちの償いと至福を果たすことを』と。」

ヴェルナーとジュリエッタが甘美な疑念を抱いて夢と現実の間を揺れながら盲目の英雄の前にひざまずくと、英雄は祝福しながら二人の巻き毛の頭に手を置いてこう話した。

「ぶどうの実りが実に豊かで世にも美しいライン川の流域に、お前たちの住む家を拵えようと思うておるが、それはわしが若い頃の尊大な視野で考えていたような王宮ではないものの、とても品の良い家で、わしらの方は陽気で敬虔な暮らしを一緒にしようじゃないか。わがヴェルナーの芸術作品は外の世界を照らしまわって驚かすことになるはずだ。」

するとジュリエッタは一段と朗らかに微笑んだが、それというのもある種の不安を抱きながらヴェルナーの大胆にもきらめく瞳を覗いていたからである。

「ああ」と彼女は言った。——「彼の様子ときたら、まったくもって、コンスタンティノープルかさもなくば辺境の異国にでも旅に出ようとしているかのようでしたけど、今では白髪の英雄がきっと別の導きを彼にしてくれるでしょう。」

「そうだね、おまえさん、そうするつもりだね」と老人は微笑みながら真面目に答えた。そしてヴェルナーの方に向き、真っ赤な頬を撫でながら――ほとんどまるで銀の髪をなびかせてその頬を冷やそうとするかのように――ヴェルナーの方に身をかがめて言ったのである。

「お若い方、それぞれに光輝く英雄の名前が稀にしかない時代に段々となりつつあるのだよ。それと言うのも、かつてそれぞれの人物が行ったことをじきに庶民が行うようになるだろうし、もし誰もが誰とでも足並みを合わせようとするものなら相応の苦労をすることになるからだ。となると、自分の才能を活かすことも、最もやりくり上手な使用人を見つけ出すことを偉大な家長に素直に委ねることも大事だし、いやそれどころか、良き使用人たちの中で私たち自身の仕事をうやむやにする者が増えれば増えるほどますます快活になることは大事だな。お前さんは大胆な心と偉大なるご先祖様への思いを生き生きと持ち続け、祖国ドイツに一旦緩急あればすべての他者に対する戦いに備えられるように、ピカピカに磨かれたかなり鋭い剣を壁に立てかけておくんだ。しかし、それ以外のときは、おまえの務めを素直に嬉々として果たし、うちの外でそのうち誰かがお前さんの名を褒め称えてくれるかどうかを気にかけるんでない。お前さんが真の至福に行き着くのなら、主はそれをお前さんにおのずと前もってもたらすであろう。」

九

そこでヴェルナーは白髪の英雄の言葉に従って行動した。若者が愛らしいジュリエッタと暮らした愛の園からは高貴な絵の花が数多く萌え出たとのことだが、それらは我らの民を鼓舞して信心深さと力をもたらし、今日でも我らに同じ天の恵みをもたらすのだ。もっとも彼の最初の仕事は、聞くところによると、ユリアヌスの死を描いたあの古びた不思議な絵を入念に模写することで絵の保持をかなり確実にし、そうすることで彼自身の極めて特異な人生のために言ってみればお祓いをすることであった。英雄たちは、その際、実に見事な神々しい姿で彼の夢に頻繁に現れたということだ。もしかすると彼の作品とは、その散逸した内容を解明するという条件のもとでこの物語の作者が確かな筋から手に入れたほかならぬその絵であるかもしれない。とすると、彼はある熱狂にとらえられたのであり、まさに皆さんの前に出てきたあらゆることがらがそうした熱狂から上方に光を放ったのであるが、このことに喜びを感じたと思われる方は、見事な絵画とあの求めるような声に感謝してもらいたい。

Ⅱ　『ユリアーン』

凡例

一　ここに掲載された叙事詩は、ヨーゼフ・フォン・アイヒェンドルフの『ユリアーン』（一八五三年）の全訳である。翻訳底本として次の文献を使用した。Joseph von Eichendorff: *Werke in sechs Bänden.* Hrsg. von Wolfgang Frühwald, Brigitte Schillbach u. Hartwig Schultz. Bd. 1. Frankfurt a. M.（Deutscher Klassiker Verlag）1987, S. 605-646.

二　原文の»«は「　」で示す。

三　原文においてイタリック体で強調されている箇所は、傍点で強調する。

四　数多く散見するダッシュ、コロン、セミコロンは、訳出の際、基本的に省く。

一

パリの町は晴れやかに波打つ　古い市壁からは
実に麗しい日曜の輝きに包まれた目もあやな市民や婦人たちが眺め
陽気に談笑しながら鋸壁の淵に身をもたげており
また別に一心に緑野の方へと指さす者もいる。
「来たぞ！」という突然の叫び　静まり返る壁の上

すでに聞こえる馬のいななきや彼方からの武具の鳴り響き
ここかしこの野より陽の光をあびての煌めき
あれはローマの一軍　ラインからの凱旋。

今や歩兵が近づき　足取りに地面が揺れる。
「よくぞ来た！　汝らが連れてきたのは何者か」と上方からの叫び声
「捕われのゲルマン人たち。」「なんという侮った目つきをしているのだ！
勝者のような様子ではないか　連中を信じたりはしないぞ！」

だが突然谷を越えてこちらに大声が張り上げられた
「それは浮かれた騎士たちのしわざ　重ね重ねよくぞ来た！」
すべてのまなざしが響きに驚喜して

いまだ一群をおおう砂塵に向く。

すると風がほこりを割り　白馬の上高々と
武具飾りに輝き　兜に羽根飾りをなびかせながら
お供の騎士たちを率いて　ユリアーン現れる
すると壁からの歓声が平地中に響く。

しかし市壁からは美しい口元からの囁きが少なからずおこる
「なんと優美に地面の上で自分の馬を踊らし
誘惑の夜よりまさにすがすがしい朝のように見つめるのだ
高貴なる額は実に大胆　両目は実に夢見がち。」

だが人々はこうべを横にふり　心底驚嘆する
「ユリアーンの後から馬に乗ってくるのはいかなる道づれか
長ひげの哲人　剣たずさえぬ詩人
ギリシア人に間違いない　なにせユリアーンは大変な学がおありだから。」

だがユリアーンは高座より戯けながら再び向きを戻した
すると造作なく冗談が飛ばされ　優雅にひらめきが続き
その間に挨拶するようにまなざしがいくどと無く鋸壁を眺めわたす
そのまなざしに掠められると　どの眼もたいていは伏せられる。

ユリアーンが門に至ると　司教が中から歩み出た
盛大な歌声の中　司祭の合唱が神を称えた

荒ぶる異教徒の群れにある教会を救うべく
若い勇士の腕を実に見事に鍛えたのだ。

ユリアーン侯は馬から飛び降り地面にひざまずいた
だが嘲りの微笑みが目もと口もとにちらついた
後ろで詩人が彼にそっとささやいたからだ
「なんと荒くれの子供をしわがれ声の乳母が子守歌で寝かしつけているのでしょうか！」

「ウソは鳴き声を教わるが」とユリアーンは答える
「なんとそのことは森にいる他の鳥たちを不安にすることか！
なにせウソの歌は昔のままだから」「鷲の飛翔は自由ですが」

と髭の賢人の答え「だがご主人様　ご賢明でおあり下さい！」

二

朗々と下の町へと
生温かな夏の夜が沈んだ
ツィターの調べ　美しい歌が
そこでしっかりと目覚めていた。
涼しげに古い噴水が音をたてた
月光さえるとき
戸口の前で乙女たちが聞き耳をたてた

美しいラインの話あまた。
すると突然の静まり　乙女たちは
青ざめ黙ったまま歌やツィターをやめる
幽霊のように路地を
陰気な連中が駆けまわる。

来たというのだ
ビザンチウムより皇帝の使節が
はるかオリエントにて燃え始めたとのこと
新たな戦の火の手の輝き。

そこへユリアーンは送らねばならず
勇猛なる自軍の先鋭を
しかも自身は空手となって
主君のためにガリアを守らねばならぬとのこと。

おおコンスタンティウス　悪意ある皇帝よ
そのように下劣なあざけりで報いるというのか
ユリアーンが折った月桂樹の枝を
いばらの冠にしてユリアーンに巻きつけるのか！

彼らにはそのことが我慢ならない
幸いなときにも苦しいときにも心変わらず

ユリアーンとの別れを誰も望まぬ
自分たちの誉れの黎明より。
かなたで運命の雷鳴が轟き
取り乱れた一軍の間を
じっと抑えられた恨みが走る
海にて嵐を近くにするごとく。

三

「私がいかに苦心し懇願し尋ねようとも　諦めること
それがキリストによって私に示された常なるこたえ

美しい生を十字架に打ちつけること
それがキリスト者のならい　その術は死。

かつてローマでの栄えある日々とはなんと異なることか
今のローマは妄信と結びついたまま！
あの時の合言葉　大胆不敵
大胆な者たちに世間は屈服したのだ。

だが英雄の伝説は寂しげに聳える
様変わりした後代にいまだ入り込んで
巨大な廃墟の上に立ち尋ねる
いにしえの神々がいにしえの掟を。

そこで夜ごと秘かな憧れに応じて目覚める
森は夢みごこちにディアナを待つ
ウェヌスの周り花みな涙ながらに立つ
海はネプチェーンの水晶宮のまわりに波立たす。

ああ聖なる夜よ！　時折セイレンのみが
月明りに映える水底よりいまだ浮かび上がる
ものみな眠るとき惑いの音を響かせて
ひとに深い憂いを知らせるのだ。」

かくのごとくユリアーンは夜の刻に嘆いた

庭で天上の星を見上げながら
外では騒ぎがあたりをめぐり
次第に荒々しく宮殿の門を叩いた。

「そこで私を呼んだのは誰だ？——何と？ 巻き毛をすでに振っているのか
私が解き放つ老獅子は？」
ユリアーンは玉座よりさっと身を起こし驚いて見た
周りの人気ない静寂を。

というのも風化した岩石の間
美しい体を野の花に巻かれながら
幽霊のように青白い月光を浴びながらかなたに立っていた

半ば沈んだ神々の像あまた。
激しく春が像のひとつに巻きつかれ
緋色のバラを前にしてほとんど見えなかった
ユリアーンは絡み合う野の葡萄の中を突き抜けて
驚き立ち止まった「お前のことは何度も夢の中で見たのだ！
ローマたれ　ウェヌスよ――私には警告しているように思えるのだが
花嫁たるお前　よくぞ来た！」　指から
ユリアーンは指輪のきらめくルビーをもぎ取り
指輪を恋人の冷たい手にはめた。

するとまるで相手の目が動き
周りのニレの老木がそっと囁き
夢から目覚めたように像が次から次へと動いたのだ
彼は驚愕して逃げた　心底恐怖を感じたのだ。

外では呼び声がだんだんと近づきつつ響く
あたかも暴風が廃屋を吹き抜けるように
すでに轟音が大理石の階段を上って来る
彼らはユリアーンを自分たちの皇帝と定めたのだ。

ユリアーン近づくと荒くれ者たち取り囲む
厚かましい粗暴さで——彼の胸に飛びこんでくる者

彼を自分たちの指導者に祭り上げる者たち
かくある歓喜の中でのひどい脅しだった。

だがある者が名誉の鎖の輪を
自分の胸からもぎ取りユリアーンの頭のまわりにかけた
支配者の王冠として金の輪を
奪い取った者誰一人に喜びをもたらさなかった王冠を。

四

反皇帝の軍隊が国の覇権をかけて
対置していた二つの嵐のごとく

不快な気分でいたコンスタンティウスの勢力は平地に陣どり
ユリアーンは部下たちとともにアルプスの絶壁上にいた。

武器しずまり　夜にすべてをひとつにする空
星のマントで味方と敵とを覆った
静かな空をはるか突き抜けて聞こえたのは見張りの者たちの呼び声と
馬の足踏みといななきのみ　馬は朝もやを嗅ぎつけていたのだ。

ユリアーン横になって眠り込んでいた――おお冷たい壮麗に満ちる憩いよ！
頭上の空高くには星に冴える夜の深淵
はるかな周りには鋭利なる氷河壁がほのかに光る
彼方には雪崩の轟音と奔流の滝。

かくして人々の眠りの中に夜は入り白んだ
するとかがり火　反射し纏れる中
背の高い女性ひとり武装した姿でユリアーンに歩み寄った
「ようこそ　カエサル・アウグストゥスよ！」彼は驚愕して相手を凝視する。
じっと見つめていると夜の大理石像だと分かった
指に指輪あり　顔だち実に美しく荒々しい。
「こんな朝早くにお前の謎めいた挨拶は何を言わんとするのか
命運いまだうす暗く　コンスタンティウスいまだ生きている。」
だが夢から完全にさめて身を起こさないうちに

相手の姿きえていた　薄明の中
谷から使者がかけつけ　男も馬もめざめた
同夜　下ではコンスタンティウス死んでいた。

五

さて夢に心奪われた者
岩の間であたりを見回すと
早朝の光ひらめく
すでに遠く山と谷にわたって
眩暈を起こすように断崖の縁から

黄金の朝日に包まれて
すがすがしい大地が
足もと一帯で広がっていたのだ
深淵からは靄が流れてきた
酔い心地をもたらすように
外の海に向かい
バラ色の空に叫んだ

「ヘリオスよ　登ってくるのだ！
頂から頂へと
炎をあげて燃え立たすのだ　梢と

きらめく川の流れを
世界が光に酔って再び
天上の一、、、編の詩となるように！
曖昧な支配
時代の具現
不思議な美の神話
アポロよ　ゼウスよ　アフロディーテよ
あるいは多くの熱狂した群衆が言うこと
人間の永遠の精神こそが
永劫に回り続けるのだ。
誰がお前を奴隷にしてしまえるのか

代々にわたり
輝きながら巻きつき
永遠に若返る
神の力であるお前を?
戦慄の魅惑の中で
ゲーニウスが生み出すものは
数世紀の隔たりを超えて
目に見えぬまま空に
ダイヤの橋を架ける
そこでは離散した者たちの
大胆不敵で

不死なる剣士たちが
喜び出会う。
アレキサンダーよ　詩人の英雄よ！
世の波濤を超えて
お前だと分かったのだ
私はお前に手を差し出すぞ！
お前　偉大なるものが企てたこと
お前の大胆な行い
創造欲求の
歓喜にして神々しい痛み
私の心中にあるすべてが

めざめ　私の胸をはちきらす。
ああ　お前　精神がもたらす春の嵐よ！
お前が鷲のように飛ぶ流れは
呪縛をとき
かすかな復活は
谷あいで始まる
深みに絡み流れる
見捨てられた泉が
陽の光にせまる
樹冠と小枝の中で
生き生きと林が動く

みずから沈黙を破る
縛られた石が
瓦礫の間から立ち上がってくる
深く息をしながらすべての
埋没した柱廊から
太古の歌が
陽気な神々が
およそ人間にとって有用な
救い主となって
すると我々の世界は再び
広大で美しい壮麗な世界となる！」

岩のアーチの間を
大群　進み
光り輝きながら谷へと降り行った
そして太陽が昇った
すると「カエサル・アウグストゥス！」と再び
歓声わき上がった。

六

それは楽しい生活だった！
ほっそりとした真っ直ぐな椰子の間

夕刻の風に吹かれて煌めいていた
堂々たる都市アンティオキア。
市場より　小路より
しつこい臭いの煙が立ち上っていた
雄牛まるまる百頭
古の習わしによって屠られ
至る所　祭壇より
青空の中　渦が巻いた
ゲルマンとガリアの者たち
焼きものの香りすぐさま嗅ぎつける
異教の司祭

経験豊かな眼力で
祈祷のことばを秘かに呟き
来るべき時代の禍福を
生け贄から出る蒸気の立ち上がりと
内蔵から読み取る間
兵士たちは陣をとり
貪るように神々の生け贄を囲み
かぐわしいそよ風にも
甘い調べにも気を留めなかった
ともに近くにあるダプネの林より
夜風の中を通ってきたのに。

異教徒とキリスト教徒とが相半ばする
十字架を押しつぶしてほとんど壊す
そこで新しい自由を喜び
うっとりと互いに抱き合う。
乙女たち　決しかねて
ずっと脇より盗み見ていた
翼ある裸の少年を
少年があらゆる藪から狙いを定めると
乙女たちも小部屋より走り出る――
古くからの神は嘲笑の的となった
外ではどのニンフも

大胆に自分の若々しい神を見つける。
至福の輪舞のために
いまやフルートやリラの音が響き
マイナスは酩酊して猛り狂い
後からサテュロスが飛び跳ねる
杯にバラの香りが漂うと
賢者　いたく感激しながら
罪深い愚鈍に堕ちた後
自らの肉体も解き放たれたと感ずる。
だが歓喜の中を進んだのは
美しい身体を見事な飾りで飾り立て

雪のように白い馬にまたがる
謎めいた女
その手からは再びきらめく
皇帝ユリアーンの金の指輪
背後にいるのは老若の
騎士からなる喜びあふれたお供たち。
あれこれと流れた噂
騎士たちがきっぱりと断言した
侯爵令嬢ファウスタ様なり
国を追われたものの
国を再び手に入れるべく

ユリアーンに頼ったのだと。
おお　なんと救い手に溢れていたことか！
的ひとつに千の投げ矢あり
嫉妬深いまなざしの剣あり
熱いまなざしの目の動きあり。
誰もが令嬢の美しさのあまり感じる
自らが不思議なほど美しくなったと
令嬢　調子のよい求婚者たちを
惹きつけると同時に嘲る間のこと
令嬢があぶみに上がる手助けをし
足台に向けてはうなじ突き出し

棕櫚をあおぎて涼を作らざるをえない者
一人として大理石のまなざしに気づく者なし。
かくも人々の胸熱く燃えたぎる中
令嬢は無傷のまま誇らしげに駆け抜け
戦慄をおぼえ　身震いしながら叫んだ
おお　腐った木のなんとくすんだ燃え方よ！
だが傍らで小姓が走った
滑稽だが　ひどくぞっとする者が
か細い足が支えるカボチャに似た者が
どうやら頑固者に誰も信を置かなかった

風によってかきむしられた赤い髪
流し目のくすんだ眼
大きな口と尖った鼻
こぶのある背中。
食事時に見せるゲルマン人の
不様な巨大な姿を
小姓はきつい冗談であてこすった
怒りながら男たちは剣をとった
だが剣を振り回すと
ふてぶてしい男が遠く
野の方に一目散に飛んで行くのだ

勇者たちは悔しがった。
その後　ダプネの聖なる森を
通り過ぎる小姓
あっと言う間に
狂ったように輪舞に交わる
実にひどい小姓の脱線
実に慇懃で実に夢中になってのこと
すると突然のことに驚愕はなはだしく
何もかもが四散するのだ。
驚きのあまりリラは止まり
愛らしい人の金切り声　恋人のなじる声

二人の背後では混乱の中
小姓の甲高い笑い声が響く。
だがその間のことを見ていたファウスタ
半ば驚き　半ば猛り
遠くの方を見て　そして羽目を外した
小姓に叫んだ　そなたを酷く不機嫌にしたのは何かと
そしてその後ぞっとするようなまなざしで
求婚者の群れから森の方へと向きを変えた
あの向こうの森にて
新たな喧噪が聞こえ始めているからだ
英雄セ、ウ、ェ、ル、ス、が来た

ユリアーンのかつての戦友が。
ユリアーンは友をその息子とともに
辺境の戦へと送り出していた
当時実に錯綜した知らせが伝わってきた
異国のセウェルスのもとまで
戦闘にて勝利を治めると
彼は息子に一隊を残し
嵐に追い立てられるように
帰国する者たちよりも先を急ぎ
そうして招待されぬままちょうど
生け贄祭の宴にやってきて

怒りをうまく抑えられず
新奇な放埒ぶりを眺めていた。
セウェルスの周りで踊り手たちが嘲笑した
「古き良き時代を見なされ！」と
だがセウェルス黙ったまま周りを見る
嘲りにも戯言にも注意を向けること無く
なべてまなざしにはただならぬ稲妻走り
致命的な傷をいずれの閃光も宿す。
「もし」と言った「いや　あり得ぬことだ！
これは断じて真実ではない！」
まなざしに対し　声に対し

色とりどりの一群　驚いて後退する
取り乱れた踊りの中
花輪やリボンの間をわたり
セウェルス　馬を操り抜ける
皇帝ユリアーンを訪ねるのだ。

七

すでに日が暮れ　一羽の小鳥すら歌わなかった
広野の上　暗い森ぞいに
稲妻の瞬き　遠く天の裾にて揺らめき

梢の上で煌びやかに夜　夢のごとく登ってきた。
角笛の音のみ　いまだ山奥から響いた
供の者たちを呼んでいたのは皇帝ユリアーン
狩の道たがえ遠く離れてしまっていた
周り取り巻く岩場の険しい深淵の間で。
そこでは誰も角笛の音聞き取れず　遙か彼方の
世界　すでに半ば眠りかけ　かくも人気なし
すると自分の国に一人でいる自分を訝しく思った
カエサルのことを　ここでは木も石も尋ねなかった。

このとき遠くの梢より一羽の鷹　荒ぶる声を上げて飛び出た
ノロジカ一頭　猟師を前にしたごとく　山峡を勢いよく通り過ぎた
皇帝の背後にある深淵に砂利が転がり落ちた
誰がこの岩窟墓で獣を驚かして眠りから呼び起こすのか。

すると突然の足音　地面に葉音立つ
すでに近くの枝が立てる音　立ち止まって耳を澄ますと
茂みから息切らし死人のように青ざめた男でてくる
「セウェルス　君か!?」驚く皇帝　さまよう相手に呼びかける。
だが相手は喜びに満ちて話した「私を角笛の音が呼んだのだ。
おお神よ　あまりに悪魔めくあまり　恐れを抱かずに

この高貴なかんばせを地獄の煙で真っ黒にしてしまう者だれぞ！
嘘をつく人々！　私が悲嘆にくれていないかと尋ねる者おらず。」
「夜風のように混乱したことを言う友よ　私には君の言うことが分からぬ。」
「もういい！　我々が移動する間　私は君に報告を行う。
今　行くのだ　無頼漢が殺人と強奪をもくろんで
この荒れ野を歩き回り　夜に待ち伏せをするのだから。」
皇帝　黙って従い　セウェルス　歩きながら言った
「見よ　なんと星々が不審な様子で君を見下ろしていることか
然るべき時となり　この静けさ乱すものなし
厳粛な森と天上の神のみが私たちに耳を傾ける。

見たまえ　軍も民も解き放たれた獣のように荒れており
十字架ではなく幟から偶像がすわった目つきで見つめている
敬虔な習わしの何もかもが狂気と恥辱に変わり果てていたのだ。」
ユリアーンは微笑んで答えた「火の無いところに煙は立たぬ！
友よ　自然を叱るのは　自然が自らのくびきを壊し
泉や木々から汎神がまたしても話しかけ
ヘリオスが雲の中を通って凱旋車を操り
世界が光あびて深く息をつき　人が熱狂してものを考えるからか。」

「ええい言葉　言葉　言葉！　私がただ知ってのは　自然が

へりくだった哀れな被造物にすぎず
己を包む手の持ち主を戦慄とともに夢見るということだけ。
是が非かを問う　君はイエス・キリストを信じているか。」
皇帝はいらいらと不機嫌に続けて言う「信ぜず！」と
すると先導の者は突然石の道にて自身が石のごとく立ち止まった
暗い額が稲妻の赤い光に包まれて燃え上がる
まるで復讐の天使が裁きに向かうごとく。
だがその者は視線を下げ沈んだ気持ちで独り言を言った
「私は少年の頃　何度となく膝の上で君の心を静めたことか
君は実に美しい大きな目をしていた　天空へと何と自由に

深くへと目が届いたことか――いまや何もかもがかつてのこと！」
二人がさらに進んでいくと長い稲妻が走った
すると一本の矢が荒れた岩場の割れ目から音を立てて飛んできた
セウェルスは射手に気づき　まっすぐユリアーンに向かって飛んで来る
弓矢の行く手を素早く腕とマントでとらえた。
それから戦士は信義を守って高々と身を起こす
傷ついた獅子がたてがみを振るうかのごとく
そして目を凝らして四方八方を今一度窺う。
「血を流しているぞ」と皇帝は言う。――「我が心もっと血を流す。」

ただカモシカのみ通る棘の茂みとガレを越えて
セウェルスは環状の岩場より主人を急いで導いて
大地の上に聳える最後の岩場に行き着くと
突如として広い谷間より二人の方へ涼風吹いてくる。

雷雨は遠のいており　高台から二人には
静かな湖に浮かぶ白鳥のようなユリアーンのテントが奥底に見えた
すでに幾つもの声が空を伝ってこちらに聞こえてきた
すると皇帝は突然静かに山峡に佇んだ

「わが馴染みの戦友よ　忠誠を示してくれた
万民の前で最高司令官として今後は称えられよ！」

だがセウェルスは首を横に振る「それは有り得ぬこと
私はかつてと違いもはや心底君に尽くす者ではない。

この岩壁でもって私たちの道は分かれる
いずれ道がどこに通じるかは神の手に委ねられている
君を君の群れが呼んでおり　私には別の軍勢がある
君はあちら　私はそちら——私たちは二度と会うことはない。」

皇帝の歩みがいまや躊躇いながら谷にて次第に消えてゆくと
セウェルスは山腹に腰を下ろし
疲れ　傷に苦しみながら頭を
両手で支え　心の底から泣くのであった。

八

揺れる椰子の下
なんたる異国の世界！
閃光またたく茎の
うねる野のごとく
兜と槍きらめき
ユリアーンの軍　進む。
岩場にかかる
華やかな覆いより
ラクダたちは夢心地に

首を伸ばす
緑野の上を
一行に先んじて
軽やかな羽毛のごとく
色とりどりに右へ左へ
騎士たち走り回る
遊びに向かう者　軍務へ向かう者。
かくして更に先へと
大地を通って揺れ進んだ
聖なる歩みより
永遠の若さを飲むべくして

するとと国々は沈むのだ
果てしない海の中へと。
しかしオリエントの
壮麗きわまる明るい庭
そこへの入り口を
熱き血潮の獅子
王シャープールが守る
ユリアーン　汝に加護あれ！
かくして一行進むと
十字架がひとつ立っていた

岩壁のアーチの上
あたかも大地を祝福し
足元で音をたてていた
流れの挨拶を祝福するかのごとく。
ブドウの木が巻きつく
花咲く囲い
道をはばむ
斧がまもなく響く
嘆きとともに森に
殺戮がこだまし
十字架とつるが

揺れ沈み
ひとつとなる場合もあり
深淵へと落ちていき
流れの水晶によって
戦慄とともに囲まれてしまう。
「今や小道が光だ」
ユリアーンは供の者たちに叫んだ
「わが像を建てるのだ
十字架の墓の上に
幾世にわたって読まれるように
誰がより強く

世界の覇者であったかを
子羊のように意気地ないユダヤ人か
ローマの英雄か――」
ユリアーン　汝に加護あれ！

再び先へと進むと
山の中腹で
炎につつまれて
小さな教会が崩れていった
高々と
血のように燃え上がる炎の中

ファウスタの突き進むさま
ユリアーン驚いて見た
巻き毛を波打たせながら
燃える松明をゆする姿を
それは一度たりとも見たことのない
実に恐ろしいばかりの美しさ。
時おなじくして
谷底の川を
歌とともに
流れ行く
一艘のキリスト者の舟

その帆柱が
流れに逆らって立ち
上方から十字架が
火のように輝くとき
セウェルスが舵を握って
岩礁の周りを進んでいた。
ファウスタ長らく耳を傾けた
耳慣れぬ歌に
それから皇帝に向かって
腹を立てて叫んだ
「舵を握る男には

ユリアーンよ　気をつけたまえ！」

九

夕刻に森からきらめいた幾多の武具
セウェルスの息子オクタヴィアーンの再帰国
彼方の地から一隊の騎士率いてのこと
彼は森のはずれでの休息を部下に命じた。
彼自身は馬おり黙って荒野へと向かった
寂寥の地にある古い小さな教会を知ってのこと
道中を無事に終え　ひざまずき

静かに感謝した　始終見守り続けてくれた神に対して。

ここは馴染みの地　よく知る場所だった
いまだざわめく菩提樹　だが小さな教会の地
今では墓丘のような瓦礫の山
風に吹かれた菩提樹　花ことごとく散らしていた。

近づくと　廃墟より入り乱れて来る一群
女　猟師　子供　牧人からなる混乱した者たち
怖ず怖ずとこちらを見ていたが　相手を認めると
親しげに取り囲んでは各々手を差し出す。

卑劣な不遜が放つ輝きより逃れ
自由な森の栄華にある貧困に至ったキリスト教徒。
そこで彼が耳にした話　偽りの愛の炎
恥ずべき堕落　ユリアーンの傲慢。

彼らが述べた一人の悪魔　男でもなく女でもなく
黄金の見事な武具に細身の身体を包む
一軍を率いての行く先々の後
馬の歩む地面より燃え立つ炎。

突然の叫び声「奴が来たぞ！」　誰もが驚いて立ち上がった
周りに四散したキリスト教徒　轟音たて荒ぶり進む

兵の一群　湿原こえての突進
どの兜よりもそびえ立つ猛禽の羽根ある鉄兜。

だがオクタヴィアーンの突撃　駆け抜ける疾風の如し
刀握りしめながら大胆にも先導者めがけてのこと。
立ちすくんだ相手「そこを退け！ 私が誰だか知らぬな！」と叫んだ
「お前が悪魔ならば地獄へ落ちろ！」

二人は互いに戦った　立て続けに打ち下ろされる一撃
森の静寂の中の鋼　鐘のように響いた
怒りにぎらつくまなこの稲妻　おお　なんと直ぐに
オクタヴィアーンの血　兜の割れ目より流れ出たことか。

敵の剣の誘いで溢れ続ける流れ
いまや深紅の波が鐙と大地を染める
目先が濃い夕焼けのごとくちらついた
かくして芝の上に倒れた――その窮地を知る者は誰もいなかった。
だが夕刻が涙にくれながら周りの土地を沈めた
森はざわめきつつ怒りの炎に包まれるよう燃え上がった
鳥たちの乱れた歌はどの梢をも抜けた
倒れた者の救いを求める叫びのごとく。
男ふたたび目覚めると月すでに明るく照っていた

男の上に屈み込む誠にすばらしい一人の女性
夢の中のことか　いでたち見て分かった
この女こそあまりにも強かったあの敵。

男の枕元に跪く女　赤い金の兜があったのは
女の横の草の中　四方八方から
波打つように広がった巻き毛の黒ずんだ光彩
夢に酔う者を取り囲んだ　魔法の夜のごとく。

傷からの血の流れもはや無し　自身の衣を
さっと引き裂いて包帯にした女
おのれの剣を地面に投げだし　おのれの荒ぶる習い絶ち

口を口元に寄せ　男の微かな吐息に聞き耳たてた。
だが男の目から最初に放たれた光にあたると
急いで芝から身を起こす女　輝く鋼の音を立てながら
乱れた巻き毛を振って再び結い上げ
その上に猛禽の羽ある金兜を押しつけた。
女もう一度傷ついた騎士を振り返って見る
「ああ　この静かな谷底で私を打ち倒して下さればよかったのです！」
「お前は？」戦慄とともに男は問う――「ファウスタと呼ばれています。」
相手にもはや怒り覚えることがなかった男　女が悲しげに身を翻したときのこと。

十

谷を進む騎士ひとり　夕陽が実に美しく燃え上がっていた
キリスト者たちが見たのは森の頂きより馬を走らす騎士の姿
「激しい戦闘が繰り返される中　かつて我らに衷心味方したあの男
今では我らと認めぬまま実によよそよそしくお高くとまるさまよ！」
宿営を通り過ぎた騎士の言葉「おお陽気な同士よ！」
おそらく少なからぬ者の内心の思い「惜しまれるはこの騎士を失ったこと。」
だが騎士が野外に出ると山から緑野に向かって
馬を駆って来る騎士ひとり「ようこそオクタヴィアーン！」

「私に何の知らせか。」「セウェルス様が私をここに送ったのです
ちょうど今は帰路についているところ　もはや戦う意志が無いのです
名刀は錆びつき　馬は気ままに草をはんでいるとのこと
あなた様　あなた様には　先祖の城へと戻れとのことです。」

この言葉に渋面のオクタヴィアーン「それは父の考えではないであろう
ペルシア人が迫っている――自分は戦を前にして家路にはつけぬ
戻って父に言うのだ　私は父の息子ではなくなるだろう
もし私がくにで全軍の嘲りに耐えながら無為に過ごすというのであれば。
私が帰ることを告げるのだ　但し帰りは武器が鳴り響き
わが立派な盾が輝くばかりにきれいに磨かれ

いつか未来が照り映えながらその輝きを楽しむようになってのこと
戦はわが故郷　名誉はわが花嫁。」

「誉れは神にのみお与え下され　それが結構なことと存じます
もっともあなた様の生まれよろしく　私はあなた様の僕にすぎぬ者
そのことをよく承知し　自身のなすべきことを必ずやお分かりです
私はあなた様に伝言を持ってきました　後は望むがままになされまし。」

よき小姓　返事に感情を害されたので
小声で悪態をつきながら再び森へと向かうと
周りからささやき声を聞き　まるで夜が
日が暮れた後に自分を見下し軽蔑するように思えた。

するとせむしの小男ひとり道端に座っていた　それは有り得ぬ存在
男の取る拍子はコオロギとカエルの合唱
霧はまるでお化けのごとく風に衣をなびかせ
静かに巻き上がって湿原の上で踊ったのだ。

コウモリとフクロウの飛び交い反転し旋回するさま
激しくはねる鬼火に焦がされての叫び声
その間を小男が放った機敏なとんぼ返り
ついには敬虔な小姓を幽霊がすっかり不快にしてしまった。

「無茶苦茶ななならず者どもではないか！」と小姓ひどく腹を立て叫び

直ちに抜刀し　ぐいと馬に拍車をかけ
湿原と枝の間を勢いよく進み　周りを叩いて罵ると
霞の女と鬼火は驚いて脇に消えてしまった。

十一

辺りで上がった歓声はすでにかすれ声
荒んだ夢をみながら横たわる者少なからず
野営のかがり火の柴
風にほとんど揺らめかなかった。

神々の栄えを祈って杯を

打ち合わしたなお起きている者たち
相手は上戸の中の一番の猛者
その男オクタヴィアーン。

繰り返し思い出さざるをえなかった
父の音信と家のこと
飲んで憂いを忘れるべく
威勢よく杯を飲み干す。

そうして座から立って離れる
「酒から炎が燃え上がる
悪魔の中の悪魔よ

かかってこい　笑い飛ばしてやるぞ！」

青ざめながら盃を
最後の酒の飛沫もろとも
火にくべた荒ぶる上戸
灼熱は音を立てて消える。

それから急いで野に歩み出た
外に立ったときに走った戦慄
薄暗い岸となった山林
静かな海になった大地。

あれはニクセの嘆きだったか
歌ったのはナイチンゲールだったか
汝　夜よ　錯綜した伝説の母よ
実に不思議な響きもつ。

ハープの弦にふれながら
旋律豊かに流れるそよ風よろしく
梢をきってすべる
甘美な声の歌を男きく

「聞こえませんか　泉の流れ
遠く石と花の間ぬけ

向かうはしじまの森の湖
そこに佇む大理石像
寂しげに美しく。
古の歌を目覚めさせ
山間から静かに降りる
不可思議な夜
ふたたび輝く谷底
何度も夢にてご覧になったさま。」
その後あらたに続く深い沈黙
大慌てで歩む騎士

薄もやの庭園からその目に
立ち現れたのは絢爛たる宮殿。

空にそびえる林立の柱
それはかの優美なる声が
夢のような静けさの中
月光から築いたようなさま。

花咲くミルテの樹冠の上
光り輝きながら弧を描く噴水
露台からこちらへと
歌声ふたたび響いてきた。

「月光に映える谷底で
萌え出た花のこと　知ってのことか
つぼみより半ば開いたまま
花咲きながら生え始めたのは若い四肢
白い腕　赤い口
ナイチンゲールが歌う
周りで始まる嘆きの声
ああ愛ゆえに死のいたで受け
歌うは沈んだ美しい日々のこと
来るのよ　ああ来るのよ　静かな谷底へ！」

さらに続く音色　夜の静かにたてる音
月の実に魔術めいた輝き
男　ファウスタの調べだと分かり
知ったのだろう　歌の呼ぶ相手。

響き追わずにはいられなかった
香りに酔った谷底に向かって
そこでそれからは燃え上がる口づけゆえ
歌もらす口　黙してしまった。

十二

真昼どき夢から
突然飛び起きたオクタヴィアーン
驚愕して辺り見渡した
実によそよそしく庭が凝視していたのだ。
そこの実に奇妙な変わりざま
実に静かで不気味で青ざめていたのは
女とともに逍遙した谷底
白鳥らが沼で眠っていた。

眠りともみ合った花
木から垂れた弱々しい蔓
もはや水を出さぬ噴水
一羽の鳥も歌わなかった蒸し暑さ。

そこで小川みずから流れを
無限の沈黙のままにしておいた
木々は次々に囁き合うだけだった
静かに秘密に満ちたことばを。

だが崩れなかば沈んでいた
ファウスタの高くそびえる柱廊の屋敷

夢に酔いしれて繁茂する毒の花
瓦礫の至る所から伸びるに任せ。

大理石の敷居で寝ていた女自身
消え果てた生き生きとした容姿
硬直したのは美しい肢体の起伏
石でできたようにきつくなった顔立ち。

女の頬を恐れた騎士
考えたものの自分の居場所分からず
だが起きあがると金緑色の蛇らが
舌を出しながら茂みに入り込んだ。

驚愕してこの人気の無い蒸し暑さの中
男はそこで瓦礫の山をさ迷い歩き
森の涼しさにて初めて
再び深くほっと息をついた。

すると木々の先端の間から
再び見たのは下方の川の流れ
彼方にいる陽気な騎兵らの輝き
高々と風になびく旗。

彼らは出陣のラッパを溌剌と吹き鳴らした

男　森から歩み出ると
見事に華やかな甲冑で灼熱のごとく輝く
ユリアーン馬にて出迎えた。

「友よ　こんなに長い間どこにいたのだ？」
王は相手に向かって言った「剣が重きなす今
我らまさに決断のときにあり
さあ進め　ほむべきは誰ぞ！」

ここで突然ことば詰まり怖い目で見る
かつて愛のあかしとして
大理石像にはめた指輪を

オクタヴィアーンの手に見つけたのだ。
男はその時　陽の光を浴びながら
血のように赤い長いまなざしを彼方に送った
「誰から指輪を受け取ったのだ？」
「我が恋人がくれたのだ。」
すると憂いに沈んで立ちすくむユリアーン
相手おおいに吃驚する
するとユリアーン乱れ青ざめここから去った
まるで幽霊を見たかのごとく。

十三

アッシリアの荒野のはずれ
涼しい森陰に
キリスト者最後の望楼として
そびえ立っていたセウェルスの城塞。
荒野の灼熱うける
建物前の庭では
既に久しく新たな時により
花一面おおわれていた古の時
異教の寺院の

半ば沈んだ石造物に
覆いかぶさっていた若い春
その下で手に余るほど
神々たそがる深淵より
いまだ人の心驚かすものを
無垢なる花とブドウにて
うららかに覆っていたのだ。
だが長老たちの会堂で
剣を厳重に隠したセウェルス
剣を振り回すこと
もうこの世界には無用と思えたからだ。

蜜蜂の子守歌が響くとき
陽光にきらめきながら花さく
菩提樹のもとで考え込み
夢みる如く座していた老いたる者
白昼の光あびて燃え上がる
ブドウ畑見渡すと
穂みのる畑が波うち
その上を雲ながれ
山と谷に深い憩いがあった
静けさは老人だけを避けたようだ
一帯の静寂を鋭く突き抜け

まなざし彼方へと走ったからだ。
突然跳び上がったセウェルス「奴が来るぞ！」
きらめく騎士一人森から
出てきて立ち止まり辺りを見まわす
だが到来の待ちに待たれ続けた相手
オクタヴィアーンではなかった！
見知らぬ男もう一度周囲を
見まわしてから後方に合図をし
嬉々として谷底を指す。
次第に増える人の姿

高地より進んできたのだ
時に陽に明るく照らされ
時に森の緑に覆い隠されてのこと。
ご婦人用の馬を手綱でみちびく者たち
馬上に愛くるしい子供あまた腕に抱き
漂うに揺れていた美しい婦人たち
ヴェールと戯れる風
かくして蛇行する小道を
渡り鳥よろしく森の斜面から
谷へと降りてくる者たち
こちらへと歌が流れてきた。

敬虔なさすらいの歌から
彼らのこと分かったセウェルス
異教徒の怒りによって住処より
追われたキリスト教徒たち。
セウェルス彼らに使者おくり
みずからの城に招いて
門を開けて迎え入れたのだ
同胞として疲れた一行を。
すると物音ない陰気な館
　間もなく騒がしくなり始め

見慣れぬ衣装に聞き慣れぬ声
雑談とともに行き交った
庭の芝生では
晴れやかに輝いた机の並び
頭上の梢の中を
実に旅の気分で吹いた風
従者たち倦まず
弛まずせっせと駆け回った
辺境の静けさにおいては
常に歓待うける者あり
久しく絶えたリュート響く中

はるか彼方の国々から
友の言伝と人生の苦楽伝える
客人こそその人。
一行が語ったのは皇帝
ユリアーンの威風堂々の出陣
皇帝が真実の神に逆らって
偽りの神々を残らず集めたさま
一行が語ったのは一人の騎士
かの時は汚らわしくも心と体
それにキリスト者としての至福を
今は自分でキリスト者の試練を

美しい妖女に売った男のこと。
「神の御手にて殲滅されよ！
罰当たりめ！」とセウェルス
盃をへりまで満たして叫んだ。
「で偽りの騎士の名は？」
「オクタヴィアーンという名。」
この名前ひびくと
セウェルス死者の如く青ざめ
大地に打ち砕くかのグラス
あたかもそこに毒ある如く。

すると庭を抜ける突然の
叫び「我が身は我が身で守れ！
止まらぬこと山火事のように
もうユリアーンが迫って来ているぞ！」
いまや蜂の巣を突いたような騒ぎ
女たち泣き子供たち叫ぶ
机つき倒され
こぼれるは酒。
騒乱の中セウェルスその時
夢から覚めたように正気に戻り

怯えた者たちに集合命じ
武具身につけ
荒れた小道をとおり
急いで女と男と馬を導き
断崖をぬけ薮をこぎ
城の向こうの荒れ野へと出た。
背信より一行を守る
避難のあとで再び
枝と草が重なり合ったのだ
よそ者なら誰一人気づかず
暗影の中で消えた小道のこと

静まりかえる人気の無い
この道ゆえに空の高みで一行に
唯一気づいたオジロワシ。
だが彼方の緑野を
古の森が取り囲み
峻嶺の外輪が
森を世から遠ざけたあまり
生の流れは次第に消え
もはや断崖には打ち寄せず
その上では崩れた小さな教会が
絶えず忠実に見守っていたのだ。

いまやそこで野営したキリスト教徒
荒涼たる寂寥の中
その様まるで晩秋のそよぎ
野一帯に色づいた葉散らすよう
だが春はじゅうたん織り
小川が銀色に縁取る
細長い柱に支えられて小川に
空高い丸天井を架ける森
悉くざわめいた梢
甲高く歌った鳥

泉のほとりで一緒に
戯れた子供たちと花々
まるで特に何も起きず
なべてこの世は結構なさま
だが花の子供たち知っていた
彼らみな神の守護にあることを。
その後の夕映えの中
山と谷が沈んだとき
既に子供たち鳥たち眠り
一群の者たち夕べの歌うたった
歌は森のざわめき

彼方からのナイチンゲール
夢のように甘い響きと合わさり
不思議な調べとなった。

だがセウェルスその間
星とともに歩哨に立った
皆と共に歌うことできず
ようやく夜に気分良くなった。
下の深淵に耳傾けると
川の流れ聞こえ
軍の歩みに角笛の音

しげく風吹き運び上げたのだ
これらの音が不動の胸中にて
激しく訴えたのは
自身の若き頃の思い出
それにかつての戦魂。
すると次第に力得て上る夜
怪しげな雷雨の輝き伴って
天空を覆いながら
いまや旗幟を広げる
セウェルスには戦士たちが
怒りに燃えて空駆け抜け

裁きの始まり告げる
復讐の天使の闊歩みた思い
彼らが燃える槍を投げると
どの槍も燃え立たせる
セウェルスの心に怒りの炎。
すると森の地より届いた響き

「見よ嵐が遠ざかった
大地は泣き尽くして輝く
主よ平和のアーチを架けたまえ
慈悲深く味方と敵の上に！」

歌声を聞いたセウェルス
震えながらがっくり頽れた
「汝　死を前にして
かつて己の敵を赦した者よ
助けたまえ　無慈悲な私を
地獄の狂気に襲われぬように！
汝の愛の一息さえあれば！
火消し憎しみ打ち破れ！」
セウェルス祈りながら
かくして悪魔と戦った間

新たに森の向こうから
響いてきた歌声あり
「アーヴェ・マリーア　聖母よ！
偽りの夜にいる我らの周りに
星のマントを広げ
悪の力より我ら護り給え！」

十四

既に幟ひろげていたペルシアの王
徐々に近づき轟く熾烈な嵐の如し

周りで静かに雲行き怪しく高まる運命
最終決戦に向け進む皇帝ユリアーンの軍。

燃える砂塵の渦ぬけ道さがす駱駝
通った後の小径吹き消す風
流れる泉もなく音立てる茎も木もなし
血のように赤々と不毛な地から迫る砂漠の太陽。

かくも音立てず大群進みほとんど聞こえぬ足音
見えぬまま彼らと歩調合わせる死
底知れぬ墓穴の沈黙のうえ虎視眈々と
鈍色の空高く漂い獲物狙う禿鷹。

ただ時おり不気味にあてなく通る一羽の駝鳥
空が欺く彼方の緑野そこに涼しくさまよう流れ
夢の中で今一度喉潤す兵士
衰弱して砂の海に沈む前のこと。

砂漠暗むとき幕屋の前ひとり
世界授かる者誰かと星に伺うユリアーン
近々の戦の命運を雲の行方に求め
己の盲信笑いながら己の嘲るもの信じてしまう。

すると駆け寄る使者――「恐怖に青ざめ何の知らせぞ?」

「ああ殿　今日に限り新しいお国をかけ戦わないで下され！
殿が点火する奉納の宴をマルスが妨げました
巌に立つ殿の大理石像を稲妻が壊したのです。」
その後近づいてきた大尉「重苦しい憤懣が軍に伝わります
皆はおずおずと振り返り海の方を見るのです
救いの船の方を——祈る者あり罵る者あり
どの眼も絶望して遙か故国を探し求めています。」
すると侮り嘲りの態で不機嫌に立ち上がったユリアーン
「ああ偽りの偽りの神々よ　息子らには報いは僅かだな！」
すると海上の船すべて焼き払う命下した

この先いかなる希望なくただ勝利にのみ希望があるように！

＊

荒々しい裂け目の洞窟　暗澹たる恐怖の家
夜になると悲痛の叫び声あげ吹き交う風
湿った岩の裂け目から身くねらせとぐろを巻くは
毒で膨らむ多くの大蛇のもつれた奇怪な姿。
昼も夜もなく如何なる音もそこでの死を乱さず
臆病な梟の物静かに飛ぶ音聞こえるやいなや

下の深淵では暗色の水のみさらさら音立てる
狂気に襲われるは下に聞き耳たてる者。

ユリアーンが生け贄とした子供血みどろに横たわる
死に行く者の前にて静かに跪く皇帝
臓腑かきむしり心臓の鼓動に耳あてる
神々の救い告げてくれる者誰もいないのだろうかと。

突如として感じたこと——自分一人と思っていた者に——
脇の松明の灯りのもとしゃがむはファスタの妖魔か
炭の如きまなこ薄明の中赤々と燃え上がり来る
皇帝がその脳に投げた松明飛び散り消える。

その後皇帝そとに出ると朝に驚く
戦慄に襲われ見たのは血まみれの両手
朝もや抜け遠く彼方で響く鐘の音
身をすくめた皇帝「そこで我を呼ぶは誰ぞ？」

森の向こうに立つセウェルスのそれと言われた小教会
そうした朝の空気が響きを運んでくる。

「セウェルスに用心せよ——それが神々の忠告だった！」

皇帝かつての警告　オクタヴィアーンの指輪思い出した。

慌ただしく部下に向いて命じるのであった

あの二人を連れてこい　生きてであれ死んでであれ！
頭上で見事に血のように真っ赤に燃え上がった朝
天空にて夜の最後の星を消しながら。

十五

その間に鋸壁あるセウェルスの城
世に忘れられ冴えた月光あびていた
閉じられたどの窓も夢見るように眠る
荒れ果てた庭は城を花の中に深く埋めた。

月を素早く掠め飛んだ雲

ときに暗くなりときに再び奇妙に明るくなる庭
魔物の如く館の真上へと聳え立った老木
木々の梢が異界を見ているようだった。

すると城の周りで草をはんでいたノロジカたちが突然
驚いては久しく草生い茂っていた花壇を越えて行った
棘に引き裂かれ混乱と蒼白の一人の放浪者が
森の猟区から人気の無い世界へと入り込んだ。

まずは静止し耳傾けそれから藪を
忍び抜けて再び佇み夜に耳を傾けた
四方に死の静寂ただよい彼方から歩みのみ響いた

あたかも奇襲に向かう小隊の兵のように。
「もうかなりの夜更けだとよいのだが！」という意に沿った思い
どの道にも向けられた短く鋭いまなざし
脇の茂みで鳴いた一羽のナイチンゲール
無垢な鳴き声聞いて恐れおののいた男。

そのとき次第に近づく森からの足取り
早くも木立に現れた幾多の荒ぶる者
暗闇から歩み出た男たちが増しに増す
武具きらめかせ素早く前に出たファウスティーナ。

「何故こんなに早くから私を追うのか」女に叫んだ徒歩の者
「おずおずと獲物が逃げ去る　お前たちが夜の静寂を乱す。」
ちぎれ雲から月が男を厳めしく見つめた
こずえ怒りざわめいた——オクタヴィアーンだったのだ。

すると今やその荒れた顔が他の者たちの姿認める
一隊全員が突然どの柵からも現れ
男を捕らえようと誰もが我先へと争う
振り向くファウスティーナ「お下がり！奴は我がもの！」

相手の愛と自分の魔力をよく心得た女
それで男に今宵の道案内を求め

自ら先導隊の先頭に立っていた
女が恋人を救う為のこと　その間にセウェルス難乗り切る。
「もぬけのからだ」そのとき叫んだオクタヴィアーン
「お前たちは谷底で待ち伏せしすぐに私を先に行かすのだ
ここでは私はあらゆる小道の曲がりくねりも知っており
奴らの峡谷からチョウゲンボウを探し出してみせる。」
それから皆が見たのは急いで峻険よじ登って行く男の姿
谷底の上の険しい断崖に眩暈とともに立つ
かと思うと虎の如く岩から岩の斜面へと舞う
この荒径で復讐の女神エリニュスに追われているようだ。

いまや最後の岩から向こうの荒地に足を踏み入れた
すると月が森の寂寥ぬけ実に皓々と輝いた
そこで石像のように座りまどろんでいた一人の男
脇の草むらに置いてあった刀と盾と外套。

男はセウェルス。——「探しましたよ！」と叫んだオクタヴィアーン。
眠りから飛び起き相手を凝視するセウェルス
それから地面から素早く立ち上がる「恐ろしい幻影だ！
怪蛇バジリスクのようなまなざしぞ　去れ！お前とは戦わぬ！」

地獄の勢力から逃れるように森へと走り去った男

息子の追跡。——それは無駄骨！ 惑わしの夜は
薄明にてどの小道も乱していた
石に反響する足音のみさまよう。

だがもはや谷で休息終えていたファウスティーナ
女のまなざしはぞんざいに騎士を追った
巌やぶった唯一の隘路
女は黙って恋人の後に部下を送り出した。

次から次へと大蛇の如く這い上がったのは
狭路を抜ける悪意ある一群
そのとき聞こえたのは武具鳴る音と二三の声

突然一人が叫んだ「向こうだ！ 老いぼれが逃げたぞ！」
「嘘つきどもめ　わしはここだ！」岩壁より轟いた大声
背の高い男ひとりその上に立った　手に剣ひかる
兜の前立てたてがみの如く揺れる――おそらく最後の一歩
踏み出したのは岩の裂け目より大胆に外へと飛び出した者。
だがその時上がってくる兵士の数は増しに増した。
山峡であまたの致命傷から血を流し
屍に囲まれながらすでに跪き
痛手負う獅子の如く戦ったのは酷い姿の者。

セウェルスの兜と盾しかと認めたファウスティーナ
極上の獲物に飢える猛り狂う心
矢の先確かめ狙いに狙いすました女
矢が弓よりさっと唸り飛び　勇士血の中に倒れる。

その後しなやかな豹の如くすばやく飛び越えてくる女
だが兜の飾り立て持ち上げると金切り声あげ
射殺された者の上に突然崩れおちるのだ
オクタヴィアーンの死に際の美しいかんばせ！
激しい後悔にかられ男にかつての忠節が甦った
悲嘆と驚愕のあまり一夜にして白くなった髪

父に警告する思いが男を時移さず先へと駆り立てた
最後の高みでファウスティーナに追いつかれた時のこと。

迫り来る者たちが周りに近づくとき生を倦み
父の兜と武具を地面より拾い上げて身につけていた
セウェルスに向けられた汲々と死を貪る矢
かくの如く欺いて自分の胸へと向けさせた。

このとき勝鬨の声どっとわいた
すると不意に高々と起きあがるファウスティーナ
女向きを変えると皆深い恐怖に襲われる
酷く変わり果てた顔を見るからだ。

ハゲタカの翼の如く翻るは褐色の見事な巻き毛
女の粗暴なまなざしは狂気の夜から放たれる如く輝き
かくして狂ったように岩から岩へと降り
剣で一群を共同墓地へと急き立てる。

それから女ひとりで絶壁の際に立った
深淵の上の鋸歯状の岩の間
下へと樅の木ゆれ奔流おちる
すると女は自ら身を投じ姿見えなくなった。

しかし静かな夜のたびに眼に見えぬ口からもれる

いまだ牧人と狩人が幾度も耳にする暗い深淵からの
絶望の嘆き　耳にした者は逃げ出す
かくも荒々しく心引き裂き響くこの惑いの歌。

十六

罪により花さく種にかつて
実りもたらした血のように赤い太陽
悪徳栄える野の中を進んだのは
いまや身の毛のよだつ草刈り人たる死。
すでに野戦が激しく行われている

オリエントへと続く橋めぐり
目に見えぬまま乱戦の命運を
定めたもう全能者の御手。

大地にとどろくローマの密集部隊
対するオリエントは怒り狂って
解き放った荒ぶる群れ
それにもの焦がす力。

ジャッカルの如き貪欲な騎兵の群れさまようと
動く城塞となった象
槍や剣を折る　歯でもって互いに

食い入る瀕死の人と馬。

よろめくローマ人たちを既に目にするユリアーン
ぼろぼろの虫の巣の如く
世界史の嵐の中にてぐらつく
支配者の欲望による壮麗な造り。

運命の手綱つかむ憤怒の皇帝
建物が崩れ落ちると
屍の山の上にワシを舞い上がらせ
今一度いくさの局面かえる。

皇帝かように飛び出ては敵方の槍柵からも
味方の軍からも等しく離れ
二つの雷雨の間にいる如く突然立った
ぽつんと半ば見放された星ひとつ。

すると戦いの真ん中より現れて刈り取りする
黒い馬にまたがる騎士ひとり
味方にも敵方にも気を留めぬ無茶な駆けざま
死だけが戦友であるかの様子。

鋭くうなる音たてて大気の海の中を
一本の槍が的めがけて弾けると

身の毛よだつ大胆な騎士の姿
戦場こえ皇帝へと真っ直ぐに飛んで行く。

騎士が叫んだ「我ら二人のみが今
全能なる神のかんばせの前にてここに立つ
いざ！ 戦うのだ　汝　不実の異教徒よ！
神が汝とわしの間で裁きを下し給うことを！」

声が響くと身震いする皇帝
「死者どもの甦りか」
しかし怒り心頭の騎士
返すはただ剣のみぞ。

かくして両者は恐ろしいほどに黙々と
二つの雷雨の如く戦い光が重なった
剣の火花が走り落ちるとき
白刃より深紅のうねり熱く立ち上る。

盾の亀裂が熾烈な戦いを阻む
二人は大胆にも残骸投げ捨て
無防備のまま胸を刃にさらす
この流血にて天下決するかの如く。

奇妙な焦がし方する炎

この騎士の眼より燃え上がり来る
ユリアーンふらつき怖じけ一層怖じけ
それからもう一度自らを奮い立たす。

だが最後に決定的な一撃みまうべく
剣おおきく振り上げると
敵の刀が胸に突き刺さるのを感じ
馬から落ち死人のように青ざめる。

すると新たな戦いの波打ち寄せた
重苦しく落馬した者の上に
悲痛の叫び声あげ軍の中を飛んで行った

幻の馬にまたがるいにしえの神々。
わずか数時間前いまだ世界が小さすぎた者
いまや一筋の砂で十分であった
だが乱戦の中で姿を消してしまっていた
相手を打ち倒した恐ろしき者。

十七

「おお主よ　汝は背信の武器を壊された
さあ武器なき者赦すのだ　自らの行い分かっていなかった
道に迷った者たちをみな再び汝のもとに呼ぶのだ

今後は地上に群れひとつ牧人ひとりが存するように！」

戦の後の朝にかくの如く祈ったキリスト教徒
頭上にて最初のヒバリ起きてすぐのこと
自分たちの歌で世界を起こしながら
山々から徐々にもや取り払う神たたえ。

まだ一日が始まらぬうちに満腔の驚き表しながら
かくも朝早くに生の深みにて波の打ち寄せ聞いたのだ
遠くもやの切れ目よりときおり荘重な煌めきあり
計り知れぬほどの歓声が谷より上がってくる。

だが断崖を飛び越えくる若者ひとり
「勝利だ！ 福音だ！ 我らの信仰に篤い
ヨヴィアーン様が皇帝に召されたのだ
さあ皆よ主に感謝せよ　世界は再び自由なのだ！」
そのとき朗報が口から口に飛ぶように伝わると
乱雑な人の入り乱れが谷間全体に行き渡り始め
喜びゆえ無言の祈りのまま跪いた者少なくなかった
みな子供たち歓声あげたがその訳知らなかったのだ。
すると突然しげみから疲労困憊した男すがた現す
セウェルスだ！ すべての者が叫び驚いて男を凝視する

朝焼けに映えて実に妙なる輝きのさまだった
それは朝焼けではなく血に赤く染まっていたのだ。

周りから出た大きな声「汝は我々を隷属状態から連れ出した
いまは汝に仕える者たちもくつろぎの家へと連れ戻すのだ！
見よ　あの下で汝の城が朝日を浴びて穏やかに輝いている
鳥や泉が再び汝を庭へと招いている。」

だが男は実に悲しげに話した「もう二度と皆の者を導かぬ
鳥は飛び去るままに泉は海へと流れゆくままにするのだ
城壁は崩れる定め　庭は花が咲き終わるだろう
私は皇帝を撲殺したのだ——皆の者と進むことできぬ！

皆の者と祈ることできぬ　我らの負い目を赦し給え！
わが負債者には慈悲もかけねば恩寵も与えぬ！
わが魂のために祈ってくれ　わが日々の努めは成し遂げられた
わが頭上ではすでに永遠のたそがれが始まっている。」

太陽が昇りみなが降りていくと
致命傷の男は息子の墓に倒れ息絶えた
谷間にひびく朝の歓喜につつまれて
静かな丘より実に厳かに森がざわめく。

その男に赦しはあるのか――伝説は宣告を伝えぬ

何者も審判の書を読んではいなかったからだ
だが汝の胸中にて光る魔力を見張るのだ
不意に現れて汝自身を荒々しく引き裂かぬように。

解説

一　背教者ユリアヌス

ローマ皇帝ユリアヌス（三三一―三六三年、在位三六一―三六三年）は、新プラトン主義に傾倒し太陽神ヘリオスを崇拝するあまり、伯父であるコンスタンティヌス一世のキリスト教公認後に異教の復興に努め、次第に「背教」の道を踏み出した最後の迫害帝です。太陽神を扱う『王ヘリオスへの讃歌』、地母神をめぐる『神々の母の讃歌』、イエス・キリストに代わる救世主を示す『ガリラヤ人駁論』などの著作を残した哲人皇帝でもありました。謎に満ちた生涯の中でも、ガリア平定後のペルシア遠征で敵方から受けた致命傷がもとで客死した際、イエスのことを意識して「ガリラヤ人よ、お前の勝ちだ」Vicisti, Galilaee と叫んだと言われています。言うまでもなく、「背教者ユリアヌス」Julianus Apostata という命名はキリスト教の側からなされた賤称に他なりません。背教者をめぐっては、最初のキリスト教史となる四世紀のエウセビオス『教会史』以降に悪帝としての評価が定まり、十三世紀の『黄金伝説』が示すように、中世にはキリスト教の敵として常に否定的に評価されました。こうした評価は十六世紀の宗教改革期にも引き継がれ、プロテスタント神学者カスパー・ヘディオによるドイツ語訳『三部教会史』によって、暴君ユリアヌスの残虐行為が広く知られ、この独訳に基づいてハンス・ザックスは歴史や喜劇を扱う四編の作品でユリアヌスを暴君として扱い、十三世紀に編纂されたと称されるラテン語説話集『ゲスタ・ローマーノールム』に依拠した一五五二年の職匠歌「高慢な皇帝」Der hochfertig keiser でユリアヌスをヨヴィアヌス（Jovianus）という名で神の裁きを受けたキリスト教迫害者として歌い上げたのです。

しかしながら、ルネサンス期以降は古典古代文化の擁護者、教権の批判者として次第に注目され、十五世紀にはロレンツォ・デ・メディチ、十七世紀にはイエズス会士、十八世紀にはモンテスキュー、ヴォルテール、ギボンなどがユリアヌス再評価の機運を高めました。中でも十九世紀のドイツにおいてユリアヌスに対する関心が高まり、実際に一七九一年から一九一四年に至るまで彼に関する作品や言説は一三二に及びます。また、ユリアヌスをめぐる言説に関しては数の問題に限られず、当時の危機的状況を映し出す鏡として古代末期を理解するアナロジー的思考が見られることも指摘しておかなければなりません。古代とキリスト教とゲルマンのそれぞれの伝統が混在する中で巨大な帝国が没落していく状況と十九世紀の不安定な政治状況とが相関関係の中に置かれたのです。こうした理解の典型としてダーフィト・フリードリヒ・シュトラウスの著作『帝位にあるロマン主義者』（一八四七年）があり、そこで件の皇帝は古典的理想を叶えることに失敗した者として理解されました。もっとも、新たな理解の先駆けとなるのは、十八世紀末から十九世紀初頭にかけての文学者たちの動きであり、特に一七八八年四月二十五日付けのクリスティアン・ゴットフリート・ケルナー宛書簡でユリアヌスに関する創作を表明していたフリードリヒ・シラー、一七九四年刊行の『宗教のある女奴隷をめぐる物語』でユリアヌスの名前を挙げたアウグスト・フォン・コッツェブー、ギボンの著作から影響を受けて一八〇七年五月九日付けの友人宛書簡でやはりユリアヌスに関する創作計画を伝えていたアーダム・ミュラーが挙げられますが、シラーとミュラーの計画は頓挫し、コッェブーの作品は極めて短く、ユリアヌスの命名が一度にとどまります。それだけに、新たなユリアヌス受容の実質的な文学的嚆矢は、ユリアヌスものを十九世紀にノヴェレの形式で唯一執筆したフケーであり、同受容を文学的に結実させたのは、ユリアヌスものを十九世紀に叙事詩の形式でほぼ唯一執筆したアイヒェンドルフでありました。ただし、二つの例外は十九世紀ドイツにおけるユリアヌス受容の典型を示すものでもあったのです。以下、日本は言うに及ばす、ドイツ本国でもほとんど知られていない二つの作品について、解説を行いながら、その重要性を明らかにしていきましょう。

二　フケー『皇帝ユリアヌスと騎士たちの物語』

「背教者」の系譜

　フリードリヒ・ド・ラ・モット・フケー（一七七七－一八四三年）の散文作品『皇帝ユリアヌスと騎士たちの物語』（一八一八年）は、いかなる文学史的かつ思想史的な意義を有する著作でしょうか。そう問わざるを得ないのは、日本は言うに及ばす、ドイツ本国においても、『ウンディーネ』（一八一一年）とは全く対照的にほとんど知られていない本作が、ユリアヌス受容の考察となると、言及されることが多いからです。「背教者」Apostataとして知られている古代ローマの皇帝はキリスト教文化圏において特異な位置をしめ続けてきました。古代から中世にかけて常に否定的に扱われてきた背教者は、ルネッサンスに至ると次第に見直しがはかられ、とりわけ十九世紀前半のドイツに

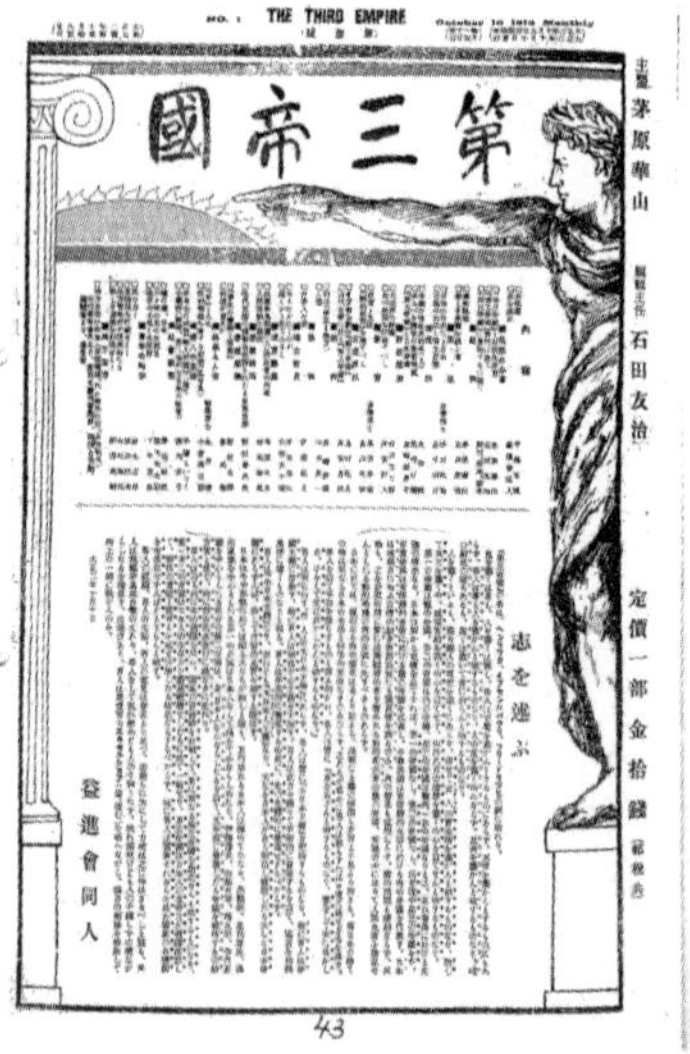

（出典　茅原華山他編『第三帝国』、全10冊復刻版、不二出版、1983-1984年、43頁）

おいて背教者をいわばロマン主義者として見なす意識が高まり、そうした流れを受けて十九世紀後半に北欧の劇作家イプセンが歴史劇『皇帝とガリラヤ人』（一八七三年）を、ロシアの象徴主義者メレシコフスキーが小説『背教者ユリアヌス　神々の死』（一八九四年）を世に問い、二十世紀になると再びドイツにおいてユリアヌスがカール・シュミットの『政治的ロマン主義』第二版（一九二五年）において「革命的な政治的ロマン主義者」として論述されるに至り、更に日本では、辻邦生の小説『背教者ユリアヌス』（一九七二年）以前に、それもドイツで国民社会主義ドイツ労働者党がまだ立ち上がっていない第一次世界大戦以前に、ユリアヌス像が雑誌『第三帝国』を通じて当時の政治的イデオロギーと、それもデモクラシーを肯定し植民地主義に否定的なイデオロギーと結びついたのでした。こうした複雑な経緯の中でフケーの散文作品はいかなる地位が与えられ、いかなる読み直しが計られるべきでしょうか。その問いに答えるために、ここでは『皇帝ユリアヌスと騎士たちの物語』の内容を紹介するばかりではなく、物語に強く働く「結合術」について考察を行います。

ドイツとイタリア

　ドイツにおける、いや、世界における新たなユリアヌス受容の実質的な文学的嚆矢は、フケーの散文作品『皇帝ユリアヌスと騎士たちの物語』でした。物語の舞台は、十五世紀中葉、ライン川中流左岸にある古都ヴォルムスです。この物語は、画家であるリープレヒト親方の工房にある謎の絵をめぐって話が進みます。親方がケルンで購入した絵は、「作者不詳のかなり古くて怪しい絵、誰にも判読不可能な内容、恐怖に襲われる者も少なくない」と競売目録に書かれているとおり、工房の若い弟子たちに戦慄をもたらしました。件の絵は戦場において異国の将軍が斃れる場面を以下のように描いています。

最初に彼らが気づいたことと言えば、絵の最上端にひと塊りになっていた黒くて不気味な雷雲と、その間にあった輝くように明るい光の筋と、その中でほとんど目に見えないほど遠くにいる天使で、威嚇をしていると云うよりもむしろ既に裁きを行っている、かなり高々と挙げられた腕をもつ姿であった。——さらに遠くまで続いているのは、木の多い岩の峡谷であり、極めて風変わりでほとんど見たこともない武具をした騎士たちの間で激しく繰り広げられている戦闘だったのだ！あるいはむしろもう戦闘はなかった。なにしろひどい恐怖に襲われながら全軍が散り散りになっていたからだ。その真っただ中には映えある将軍が息絶えており、その横にいたまばゆいばかりの白馬は恐るべき状況をまさに予感するかのように崩れ落ちていた。

（https://www.storiaromanaebizantina.it/luca-giordano-la-morte-di-giuliano-lapostata/）

以上の描写は十七世紀のイタリア人画家ルカ・ジョルダーノの絵『ユリアヌスの死』に基づいています。明と暗、動と静が劇的に織り交ぜられた絵は、リープレヒト親方の愛弟子ヴェルナーに激しい動揺と強い憧憬にみちた夢をもたらしました。もっともこの物語の展開にとって重要なのは、ヴェルナーとは背反する印象をこの絵から受けるジュリエッタの存在です。ゲルトラオト婦人に養女として育てられている十六歳の少女がイタリアから来た里子として設定されていることは単なる偶然ではありません。工房の近所に住むジュリエッタは、「異国風の美しい黒い目」でこの絵を、とりわけそこに描かれた「メルクリウスの兜」を凝視しながら、恐ろしさよりも美しさを、威嚇よりも祝福を、闇よりも光を、この絵から読み解きます。そして、ヴェルンハウスという名の恐ろしい騎士が出現するヴェルナーの「悪夢」とは違い、ジュリエッタが見る「本当に美しくて穏やかな夢」では枕元に天使が現れ心地よい歌をうたうのです。「ユリアヌス！ユリアヌス！優美な裏切りの天使よ、戻ってこい！戻ってこい！そしてお前もだ、ヴェルンハルス、ヴェルンハルスよ！重苦しい夜から出てくるのだ！戻ってこい！戻ってこい！」と。そしてこの天使のようにうたうジュリエッタの歌は周りの者たちに慰安をもたらし、ヴェルナーをまさに「重苦しい夜」から救い出します。全体として暗い色調を持つこの作品の中で、遠い異国の地から来た近所の少女は、リープレヒト親方によれば「イタリアの美しい小バラさん」として、否それどころか「我らが美しき都ヴォルムスの真の誉れ」として輝きを放つのです。詰まる所、この物語はヴェルナーとジュリエッタが結ばれ、二人が一緒に幸せに暮らすこと、つまり結婚という大団円へと最終的に向かいます。これが物語全体の大きな枠組みに他なりません。そこには、同時代の絵『イタリアとゲルマニア』（ヨハン＝フリードリヒ・オーヴァーベック作、一八二八年）に託されたドイツ的なものとイタリア的なものの融合に対する希求、あるいはドイツが抱き続けたイタリアへの憧憬が込められているとも言えましょう。もっとも全体の枠組みを示すだけでは、ケルンで購入された絵についても対照的な二つの夢についても何も解明されていません。息絶えた将軍は何者なのでしょうか、メルクリウスの兜とは何でしょうか、ユリアヌスやヴェルンハウスと呼ばれる者たちに天使は何を呼びかけているのでしょうか。全体で九章からなるこの物語は、導入部にあたる第五章までに、不思議な

（https://ja.wikipedia.org/wiki/ヨハン・フリードリヒ・オーファーベック#/media/ファイル:Friedrich_Overbeck_008.jpg）

絵のみならず、ヴェルナーの夢とジュリエッタの夢を、ヒエログリフのような「誰にも判読不可能な内容」として読み手に示すのです。

ヘレニズム、ヘブライズム、ゲルマン神話

この物語は第五章までの導入部と第九章にて大団円を示す結末部とに挟まれた挿入部によって謎を基本的に解きます。第六章で盲目の老人ニカンドロスが詩を、第七章でこの老人が更に物語を、第八章でジュリエッタが、次いでリープレヒトが物語をそれぞれ語ることで、絵の中で斃れた将軍が皇帝ユリアヌスであり、件の兜が皇帝の司令官メルクリウスが被っていた二枚の羽根つき金兜であり、天使の呼びかけとはメルクリウス殺害の指示者であるユリアヌスと殺害の実行者である軍人ヴェルンハウスに対してメルクリウスが天使と化して発する赦しの声であることが分かりました。メルクリウス殺害の原因がユリアヌスの「背教」にあるとすれば、殺害の誘因はメルクリウスの「信仰」にあったのです。キリスト教に改宗したメルクリウスが自身の名と同じ名をもつローマ神話の神を想起させる兜を己の信仰に相応しくないと判断して返上したことが、皇帝の怒りを買いました。ユリアヌスはメルクリウスが北欧神話の主神オーディンを瀆神しているという偽りの話でヴェルンハウスを唆します。唆された北方の軍人は戦場で仲間のメルクリウスに一騎討ちを挑み、相手を打ち倒すものの、最後に情けをかけ、とどめのひと刺しは行いません。もっとも、打ち倒されたメルクリウスにとどめを刺す邪な小姓がいます。元々ユリアヌスを唆したのも、卑劣な行為をこの小姓に促したのも、全てはムスクラという名の狡猾な軍人の仕業でした。小バエの意を持つ名前の男が卑劣な手段でメルクリウスの兜と軍旗を褒章として手に入れたことを含め、メルクリウス殺害をめぐる顛末を明らかにするのが、ニカンドロスです。盲目の老人は、お供をする少年とともに春の祭りの際にヴォルムスに現れ、リープレヒト親方の友人として工房でツィターを奏でて三つの歌をうたいながら、三枚のガラス絵を順次示します。最初のガラス絵には多神教に走ったユリアヌスが、次のガラス絵にはキリスト教に改宗したメルクリウスが、三枚目のガラス絵にはオーディンを崇拝するヴェルンハルスが描かれているのです。このように物語全体は、緩やかな枠物語の結構を通じて、北方のゲルマン神話を巻き込みながらヘレニズムとヘブライズムの確執を示します。

メルクリウス

もっともフケーの散文作品は宗教的な分断を志向しているわけでは決してありません。既に述べたように、メルクリウスはジュリエッタの夢においてまるで融和を説くように「重苦しい夜から」の帰還をユリアヌスとヴェルンハルスに呼びかけていました。敬虔なキリスト教徒である「騎士」は異教的なその名において決定的な役割を果たします。二枚の羽根つき金兜がメルクリウスのローマ神話的側面を示唆するのに対して、謎の絵に描かれたユリアヌスの死はメルクリウスのキリスト教的側面を強調します。盲目の老人ニカンドロスが第七章で語る物語によれば、裁きを行う厳格な美しい天使として戦場に姿を現したメルクリウスが放った「太陽の矢」によってユリアヌスは白馬から落ちて死にました。ユリアヌスの刺殺に関しては古来より諸説がありますが、槍が敵方であるペルシア軍の傭兵から放たれたという歴史的見解か、あるいは味方であるローマ軍の兵隊、それもキリスト教徒の兵隊から放たれたという神学的見解のいずれかに概ね行き着きます。後者の場合、投擲された槍は神の意志を遂行した正義の槍とみなされますが、こうした見解の中で最も知られたものとして聖バジリウス（四世紀ギリシアの教父）の見た幻視がありましょう。それはキリストがユリアヌスを討つように聖メルクリウスに依頼するという幻視であり、ニカンドロスが語る物語はまさにこの幻視に基づきます。更にメルクリウスが伝令者としての特性を活かしてジュリエッタの夢でユリアヌスとヴェルンハルスに呼びかけを行う点も重要でしょう。それは、現代的な視点からすると、ユングの深層心理学においてメルクリウスがそのアンドロギュノス的形態ゆえに「結婚」つまり「結合」に比せられるように、フケーの散文作品におけるメルクリウスはそのシンクレティズム（宗教混合主義）的形態ゆえに、一方でヴェルナーとジュリエッタの「結婚」を、他方で三宗教の「融和」を促します。つまり、緩やかな枠物語の結構をもつこの作品は、外枠の物語においてドイツ的なものとイタリア的なものの融合を示唆し、枠中の物語において三つの信仰の融和を志向するのです。

ヴォルムス

以上の枠物語が有するいわば「結合の神秘」は物語の結構そのものにも強く働きます。ユリアヌスと騎士たちをめぐる挿入部の逸話が物語の前景に出ると、導入部の人物たちは聞き手か話し手となって背景に一旦退いたかのように見えましたが、第八章における二つの語りによって再び前景に出て大団円を迎えるのです。一方でヴェルナーがヴェルンハルスの子孫であり、かつまたニカンドロスの大甥であること、他方でジュリエッタがメルクリウスの子孫であることが明らかになり、外枠の物語と枠中の物語とが構造的に結びつき、十五世紀において語る者たちと語られる古代の者たちとが運命的に結びつきました。物語の冒頭部は二つの夢を通じて「ヴェルンハルス↓ニカンドロス↓ヴェルナー」と「メルクリウス↓イタリアの騎士↓ジュリエッタ」の二系列を暗示していたのです。それだけにヴェルナーとジュリエッタがヴォルムスで一緒に幸せに暮らすことの意義は大きいと言えましょう。二人の幸せには、ドイツ的なものとイタリア的なものの融合のみならず、レッシング『賢者ナータン』（一七七九年）が求めるような諸宗教の融和が託されているからです。それだけに舞台が十五世紀のヴォルムスであることはある種の必然でありました。ライン川中流左岸にあるこの古都は、十二世紀に竣工されたロマネスク建築の大聖堂を町の中心に有し、古代ゲルマンの英雄伝説に基づいて十三世紀前後に成立したとされる「ニーベルンゲンの歌」の舞台であり、しかも既に十一世紀から存在するヨーロッパ最古のユダヤ人墓地をも残します。そして神聖ローマ帝国内での私闘を禁じる永久平和令を取り決めた帝国議会が一四九五年に開かれた場所も、まさにヴォ

（ヴォルムスの大聖堂とユダヤ人墓地、訳者撮影）

ルムスでありました。シンクレティズム的な存在様式はメルクリウスという登場人物のみならず、中世のヴォルムスという舞台そのものが持つのです。こうして『皇帝ユリアヌスと騎士たちの物語』では、外枠の人物たちと枠中の人物たちとが運命的に結びつく中で、背教者という歴史的素材が持つ宗教的な二項対立は背景へと退いていきます。この時、ジュリエッタが見た夢に促されるように、ユリアヌスもヴェルンハルスも「重苦しい夜から」抜け出たに違いありません。作品が志向する予定調和的な「結合術」ars combinatoria の結果、英雄たちは「実に見事な神々しい姿で」ヴェルナーの夢に頻繁に現れるようになったのです。

駆け落ち

こうした「結合術」が強く働く中で、二つの家系が結びつきます。第六章でジュリエッタが語る両親の物語によれば、二人は敵対関係にあったイタリアの高貴な家柄でありましたが、騎士である父が母と駆け落ちをしてアルプスを越えてドイツに来たものの、依然として騎士の名誉を切望する父が馬上試合で死を遂げ、母は出産後まもなく騎士の後を追って命を落としたため、ジュリエッタはゲルトラオトに引き取られたのです。さらに第八章でリープレヒト親方が語るニカンドロスの「血筋」によれば、若き騎士ニカンドロスはコンスタンティノープルの皇帝を父とするアポローニアと恋に陥り、花言葉のある花で花輪を編んで二人以外の「誰にも判読不可能な内容」で心を伝え合ったあげく一緒に駆け落ちをしましたが、二人は捕まり、ニカンドロスは「二度と花を探すことができないように目を突き刺されて盲となり、［中略］闇の世界に放たれた」のでした。

こうした悲劇的な別離があったからこそ、盲目の老人は新たな結びつきを望みます。「もしメルクリウスの子孫がこの絵の前にいるヴェルンハルスの末裔に恵みと許しを約束しようというのであれば、わしがこの世で抱く最大の願いの一つがかなえられ、わが迷いし祖先の霊は償われ、おそらく自意識過剰なユリアヌスの霊もまた償われることであろう」と。ニカンドロスが抱く宿願こそが外枠の物語と枠中の物語とを結びつけながら物語全体を大団円へと導きます。もっとも、物語に強く働く「結合術」には別の志向があることも見逃してはなりません。自らの宿願が成就されると分かったとき、第八章の終わりで盲人はヴェルナーに諭します、「祖国ドイツに一旦緩急あればすべての他者に対する戦いに備えられるように、ピカピカに磨かれたかなり鋭い剣を壁に立てかけておくんだ」と。ニカンドロスが抱く宿願が物語内で強く働く動因であるとすれば、ニカンドロスがヴェルナーに諭す言葉は我々を物語の外に誘う誘因でありましょう。ヴェルナーにはいかなる運命が待ち受けているのでしょうか。そう問わざるを得ないのは、物語に強く働く「結合術」がいまだ語られていない結びつきを我々に意識させるからです。第九章冒頭にある語り手の言葉「ヴェルナーは白髪の英雄の言葉に従って行動した」によれば、若き画家の「特異な人生」において、絵が好きであった騎士ニカンドロスと同様に「闇の世界に放たれ」る可能性も、あるいは、ジュリエッタの父と同様に騎士として「名誉を切望する」あまり戦いで命を落とす可能性も、我々は否定できません。ジュリエッタと暮らした「愛の園からは高貴な絵の花が数多く萌え出た」ので、ヴェルナーが絵筆を持ち続けたことは間違いないでしょう。もっとも「祖国ドイツに一旦緩急あれば」、その「血筋」からすると、ヴェルナーは絵筆を捨て、「騎士」として「剣」を手に取る運命にあるのではないでしょうか。ニカンドロスの言葉は我々を物語の外に誘いながら物語の内と外を結びつけるのです。

「光」と「闇」のはざまで

『皇帝ユリアヌスと騎士たちの物語』Die Geschichten vom Kaiser Julianus und seinen Rittern では、①古代において皇帝ユリアヌスに仕える「彼の騎士たち」（メルクリウスやヴェルンハウス）と②中世においてまさに騎士道に生きた者たち（ジュリエッタの父やニカンドロス）と③十五世紀に騎士として生きるように諭された若い絵描き（ヴェルナー）が運命的に結びつきます。外枠の人物たちと枠中の人物たちとが結びつくことで、物語は見事な大団円へと向かうのです。一方ではニカンドロスの宿願に導かれてヴェルナーがジュリエッタと「愛の園」を築き、他方でメルクリウスの呼びかけに導かれてユリアヌスとヴェルンハルスが「重苦しい夜から」抜け出ていきます。しかも物語の中で「我らが美しき都」と称された十五世紀ヴォルムスは、物語の外で「永久平和令」が取り決められる歴史的に重要な場所となるのでした。その意味で物語の時空設定自体が大団円を準備していると言えましょう。枠中にある古代の「物語」Geschichteと外枠としてある中世の「物語」Geschichteとが結びつくばかりではなく、テクスト内の「物語」Geschichtenとテクスト外の「歴史」Geschichteが結びつくのです。そうなると、「我らが美しき都ヴォルムス」という言い回しはシンクレティズム的な存在様式を示唆する言説であるばかりではなく、「物語」と「歴史」の接点もしくは境界として「祖国ドイツに一旦緩急あれば」という状況に我々を導きます。というのも、一五二一年にヴォルムスで再び行われた帝国議会によってルターが教会から破門され、それを契機にヨーロッパが騒乱の時代に、つまり、人々は再び宗教的に分断された状況に陥っていくからです。「我らが美しき都ヴォルムス」は外枠の物語と枠中の物語の結合を経て美しく輝き、そして物語の「内」と「外」の結合を経て「重苦しい夜」に陥っていきます。物語の「光」が歴史の「闇」を導くかのようにです。その意味で「我らが美しき都」は「光」と「闇」のはざまにあると言えましょう。

三　アイヒェンドルフ『ユリアーン』

キリスト教的道徳原理と異教的官能原理

一八五三年、六十五歳のヨーゼフ・フォン・アイヒェンドルフ（一七八八―一八五七年）は死の四年前に叙事詩『ユリアーン』を公にしました。「ロマン主義の最後の騎士」と称された詩人の晩年の作には、対立的なものによる「不思議な響き」が結晶化しています。それを促す動因は、アイヒェンドルフの他者批判とも自己批判とも言えるロマン派批判でありましょう。彼は敬虔なキリスト教徒として現実の生から乖離しがちなロマン派的な詩的幻想に対して用心深い詩人であり、その傾向は晩年に近づくほど強まっていきました。総じてアイヒェンドルフ文学では、「夜の歌」が「朝の鐘」に打ち消され、美神ウェヌスが聖母マリアに取って代わられることが少なくありません。詩人は一八〇八年から一八〇九年にかけて執筆した処女作『秋の惑わし』を篋底に秘すことでひとつの「断罪」を既に行なっていました。この作品はティークの『忠臣エッカルトとタンネンホイザー』（一七九九年）に依拠しながらタンホイザー伝説を継承しますが、伝説を前景に押し出すティークの作品では大地母神ウェヌスが登場するのに対して、伝説を背景にとどめるアイヒェンドルフの作品では歌いつつ美しい体を浮き沈みさせている「水の女」たちとその中心にて全裸で佇む愛しの女性が描かれたのです。アイヒェンドルフはロマン派に愛好されたタンホイザー伝説を独自の詩的幻想によって近代的な誘惑物語に仕上げましたが、上梓するには至らなかったのです。もっとも最初の「断罪」後は、異教的な官能原理を「断罪」する誘惑物語を次々に世に問います。最初の小説『予感と現前』（一八一五年）は人生を旅とするクロノトポスが強く働く中で異教的な官能原理に翻弄される若者たちを描き、代表作『大理石像』（一八一九年）はキリスト教的な道徳原理が異教的な官能原理を克服する予定調和的な大団円へと突き進み、第二の小説

『詩人たちと仲間たち』（一八三四年）は異教的な官能原理が表象化した「水の女」から憑依を受ける四詩人たちの宿命をタブローとして示しました。アイヒェンドルフ文学では、森の木々や小川のざわめき、ナイチンゲールのさえずりが朝の鐘の響きに、不気味な闇が明朗な光に取って代わられることは珍しくありません。独自の類型化が際立つ中で、キリスト教的道徳原理と異教的官能原理の角逐が最も先鋭化するのが、「ロマン主義の最後の騎士」の晩年の作『ユリアーン』だったのです。

「不思議な響き」

アイヒェンドルフの叙事詩は、詩的形式の異なる十七の歌を通じて、背教者の後半生を描きます。ユリアーンがガリアを平定したローマの将軍として凱旋するパリ（第一〜三歌）、反皇帝軍としてローマの軍隊と対峙する際にローマ皇帝コンスタンティウスの訃報を受け取るアルプス山中（第四〜五歌）、皇帝としてキリスト教徒の迫害を始めるシリアの都市アンティオキア（第六〜七歌）、ペルシア勢力と戦うために出た東方の遠征先（第八〜十七歌）と、舞台を次々に移すのです。このように叙事詩の大きな外側の枠組みは史実に基づきますが、ユリアーンの内面はロマン的な詩的幻想に溢れています。史実のユリアヌスがキリスト国教化後に異教の復興に努めたように、ユリアーンは生を謳歌する古の神々の復活をめざしました。ギリシアの哲人や詩人と共にパリに凱旋した後、キリスト教を諦念の宗教として貶めるユリアーンの内面には、アイヒェンドルフ文学のトポスと共に異教的な「不思議な響き」が起こるのです。

ああ聖なる夜よ！　時折セイレンのみが
月明りに映える水底よりいまだ浮かび上がる
ものみな眠るとき惑いの音を響かせて
ひとに深い憂いを知らせるのだ。

このような幻想を抱く者が決まって出会うのが、『大理石像』が示すような誘惑の女神ウェヌスでありました。アイヒェンドルフはタンホイザーやセイレンをめぐる文学的系譜をユリアヌス伝と巧みに織り交ぜながら新たな背教者像を示します。ユリアーンがパリの宮殿で見た大理石像に指輪をはめると、異教の祭儀が復活を遂げ、アルプス山中では、古の神々を讃えるユリアーンの賛歌が響き、彼を「カエサル・アウグストゥス」として讃える民衆の歓声が響きました。だが、アンティオキアの場面では、異教的官能原理とキリスト教的道徳原理の角逐が二人の人物の登場によって複雑に進みます。一人は、国を追われた後に自らの国を再び手に入れるべくユリアーンの元に身を寄せている伯爵令嬢ファウスタであり、もう一人はユリアーンの盟友であるローマの将軍セウェルスでありました。前者はユリアーンの指輪をはめた異教徒であり、後者は敬虔なキリスト教徒です。もっとも、この叙事詩は両原理の対立を寓意的に描くのではなく、むしろ主要人物たち、とりわけセウェルスとその息子オクタヴィアーンの葛藤を掘り下げていきます。キリスト教の最初期から教会が立つアンティオキアに着いたセウェルスが目にしたのは異教の風習ばかりでありました。皇帝の背教は許し難く、将軍は「復讐の天使」

と化します。しかし、この時、刺客の矢が皇帝に向けて放たれると、将軍は身をもって皇帝を庇い、傷を負うのです。信仰と友情の葛藤に陥ったセウェルスは、体の傷よりも、心の傷に苦しみながら、ユリアーンの前に二度と現れないことを心に誓うのでした。

オクタヴィアーンの背教と懺悔

以上の前半部に対して、第八歌以下の後半部は、セウェルスの息子オクタヴィアーンの背教と懺悔を基軸に進みます。一軍を率いてキリスト教の教会を焼き払い、教徒を迫害するファウスタに対して、オクタヴィアーンは戦いを挑むが敗れ、逆にファウスタとの愛欲に溺れると、『大理石像』に典型的に認められるような「不思議な響き」を耳にするのでした。

あれはニクセの嘆きだったか

歌ったのはナイチンゲールだったか
汝　夜よ　錯綜した伝説の母よ
実に不思議な響きもつ。

大理石像の幻視と「静かな谷底」へと誘う幻聴に取り込まれたオクタヴィアーンは、いまやキリスト教迫害の側に立ちます。ユリアーンはこの若者に出会うと、かつて自分が大理石像にはめた指輪を相手に認め立ちすくんだのです。オクタヴィアーンはファウスタの一軍と共にキリスト教徒を追い、追われた一行はセウェルスの城塞に辿り着きます。オクタヴィアーンが追撃の中で父と再会を果たすと、棄教を後悔し、一夜にして髪が白髪と化しました。一行が追撃から逃れられるように、若者は父の兜と武具を身につけて追っ手を引きつけますが、ファウスタの矢に斃れます。死んだ男がセウェルスではなく、自身の恋人であることを知ったファウスタは、絶望のあまり絶壁から投身すると、叙事詩は大団円に近づくのです。史実において背教者はペルシア討伐の遠征中に客死しますが、ユリアヌスがペルシア側から受けた致命傷がもとで死ぬのに対して、ユリアーンは盟友セウェルスとの一騎打ちにおいて命を落とします。やはり異教に対するキリスト教の勝利がこの作品でも特有のトポスとして強く働くのです。

「深い憂い」

しかし、以上の作用は異教的官能原理に対するキリスト教的道徳原理の勝利を必ずしも単純に意味しません。「ロマン主義の最後の騎士」の晩年の作品には微妙な不協和音が響くのです。オクタヴィアーンとファウスタに追われたキリスト教徒はセウェルスに守られながら更なる逃亡を計るとき、アッシリアの荒野で神の加護を信じつつ「夕べの歌」をうたいました。

歌は森のざわめき
彼方からのナイチンゲール

夢のように甘い響きと合わさり
不思議な調べとなった。

ここでは、異教の調べだけではなく、相対立する二原理が不思議に響き合います。この響き合いは、対立的なものとして、信仰と友情の間で揺れたセウェルスの葛藤や、棄教と敬虔の間で苦しんだオクタヴィアーンの懺悔や、狂信と熱愛の果てにファウスタが陥った絶望とも響き合うのです。アイヒェンドルフが『秋の惑わし』に下した「断罪」よりも、異教的なものを「断罪」する誘惑物語を次々に世に問うたこと自体に、より深い意味がありましょう。アイヒェンドルフ文学においては、異教に対するキリスト教の勝利が描かれたところで、異教的な官能原理が駆逐されることはありません。先の引用を踏まえて言えば、沈んだはずのセイレンは水底から再び浮かび上がり人々に「深い憂い」を告げ続けるのです。この叙事詩においても、たとえ妖女が自死したとはいえ、否、自死したからこそ、「静かな夜のたびに眼に見えぬ口からもれる／いまだ牧人と狩人が幾度も耳にする暗い深淵からの／絶望の嘆き」に人々は恐れをなします。「惑いの歌」が繰り返し人々を恐怖に陥れるだけに、この出来事は語り継がれていくのです。第十六歌のこの最終節が最後に置かれた第十七歌の最終節と響き合う中で、この叙事詩は「伝説」をめぐる警告で終わります。「だが汝の胸中にて光る魔力を見張るのだ／不意に現れて汝自身を荒々しく引き裂かぬように」と。「惑いの歌」が伝承と化す瞬間こそ、アイヒェンドルフの特異なポエジーが立ち上がる瞬間でもあったのです。以上のとおり、「ロマン主義の最後の騎士」と称された詩人の晩年の作には、キリスト教的道徳原理と異教的官能原理の対立が「不思議な響き」として結晶化しているのです。

四　十九世紀の「彼方」

十九世紀ドイツ

　十九世紀のドイツ以上にユリアヌスが数多く言及された世紀も地域も、他にはありません。古代末期以来、峻烈な対立を引き起こしたユリアヌスをめぐる言説が、十八世紀末以降のドイツにおいて頻出し、特に文学作品において「奇妙な響き」を起こしながらも、二〇世紀初頭を過ぎると関連文献が少なくなったことは、背教者ユリアヌスをめぐる近代の言説がまさに十九世紀ドイツ的であったことを示します。ロマン主義化されたユリアヌス像が二十世紀に展開された最も辛辣なロマン主義批判、つまりシュミットの『政治的ロマン主義』において注目されたことも、その証左でしょう。もっとも、ユリアヌスをめぐる数ある言説の中でも代表的な文学作品であるフケー『皇帝ユリアヌスと騎士たちの物語』とアイヒェンドルフ『ユリアーン』は、十九世紀ドイツの言説として限定できない力を宿しており、それが十九世紀の「彼方」へと我々を導くのです。

「物語／歴史」の彼方

『皇帝ユリアヌスと騎士たちの物語』が有する「結合術」の眼目は、外枠物語と枠中物語の結合ではなく、物語の「内」と「外」の結合にあるのではないでしょうか。それと言いますのも、ニカンドロスの言葉が物語の後史として作者フケーの家系、そしてドイツの歴史を想起させるからです。「重苦しい夜」はフランスにも及びました。フケーは、一六八五年のナントの勅令廃止後にフランスからプロイセンに亡命したユグノーの家系に生まれ、祖父がプロイセンで将軍となり、自らも「祖国ドイツ」のためにフランスの軍隊と戦った「特異な人生」を経歴としてもちます。「白髪の英雄の言葉に従って行動した」の者は、物語の内ではヴァルナーであり、物語の外ではフケーの祖父であり、フケーその人だったのです。「祖国ドイツ」のために「剣」を手にする姿に十八世紀末に軍人として生きた作者の姿が重なっていきます。別言すると、作者の生も「騎士たちの物語」に取り込まれるのです。否、そうした取り込みは件の「結合術」ゆえに十八世紀で終わりません。というのも、十九世紀においてはニーチェの『反時代的考察』によって、二十世紀においてはトーマス・マンの『非政治的人間の考察』によって、マンの言葉を援用して言えば、第一次世界大戦勃発次のように「祖国ドイツに一旦緩急あれば」一瞬の躊躇いもなく己の「部署」につくドイツ人の姿を我々は知っているからです。このように前史と後史が結びつくときに文学作品は完結に近づきます。確かに『皇帝ユリアヌスと騎士たちの物語』は背教者をめぐる「前史」によって宗教的な分断を物語の前景に出しますが、物語内の「結合術」によってそうした分断を背景へと退け、見事な大団円へと行き着きました。しかし、まさに大団円を導いたニカンドロスの言葉が動因として、そして物語の設定そのものや騎士たちの「血筋」が誘因として、大団円を背景へと次第に後退させ、新たな宗教的分断の「後史」へと我々を導くのです。『皇帝ユリアヌスと騎士たちの物語』は古い「分断の物語」に基づきながら新たな「結合の物語」として自らを変容させ、ひとつの大団円を示しましたが、物語に働く「結合術」の強さが新たな「分断の物語」を暗示し、「剣」を手にする者の姿を読み手に予感させるのです。「我らが美しき都ヴォルムス」における「愛の園」は仮象の大団円にすぎません。物語における真の大団円は物語が誘う「物語／歴史」Geschichteの彼方にあるのではないでしょうか。『皇帝ユリアヌスと騎士たちの物語』が真の「結合の物語」として完結するのは、物語に誘われた私たちが「後史」の後史に至るときであります。

「分裂」の彼方

アイヒェンドルフの場合、断罪されるべき対象があり、分裂とも称すべき峻烈な対立があってこそ、結合が大きく捻れながら、文学は成り立ちました。朝の鐘を待望し、聖母マリアを崇拝し、キリスト教的な道徳を遵守しただけでは、ポエジーは立ち上がりません。敬虔なカトリック教徒である詩人の意識において異教的官能原理はキリスト教的道徳原理によって繰り返し封じ込められましたが、文学的営為の源泉は後者ではなく前者にあるだけに、そうした封じ込めが書かれるかぎり、倦怠と瞑想を併せ持つ憂鬱が言葉を得るのです。こうした傾向は、キリスト教文化圏における最も根源的な対立を扱う『ユリアーン』において際立ちます。否、それ以上に、アイヒェンドルフ文学においては例外的な事態ですが、相対立する二原理が奇妙に響き合うのです。セイレンが告げる「深い憂い」、それは単なる哀歌ではなく、表層で流謫の神々の嘆きを装い、深層で倦怠と瞑想を併せ持つ憂鬱に他なりません。芸術の霊感源と称されたメランコリーは、土星的資質の知的衝動として、アイヒェンドルフ文学において書くことを促します。晩年のアイヒェンドルフは、ロマン派的な詩的幻想に批判的になる中で、一八四六年の評論「ドイツ近代ロマン派文学の歴史」において「分裂がすべて消滅し、道徳、美、美徳、ポエジーが一つになる」ような「すばらしき国」Wunderland の到来を祈念しています。だが、件の叙事詩で「不思議な調べ」die wunderbaren Weisen が響くのは決して常態ではなく、キリスト教最初期の最も厳しい迫害を経験している例外状況においてでした。否定すべき対象が自らの創作基盤を培うという捻れがとりわけ顕現する『ユリアーン』は、「分裂」の「彼方」にある「弁証法的なもの」を「深い憂い」と共に現代にも響かせるのです。

「高次の第三のもの」

背教者ユリアヌスのことを「革命的な政治的ロマン主義者」と称したのは、既に述べたように、カール・シュミットでした。そのシュミットはそもそもロマン主義を「〈高次の第三のもの〉への偶因論的逃避」とみなしています。本書の二作品においても、「逃避」とは言い切れないにしても、対立的なものの止揚が潜在的に働いていたことは、先に示したとおりです。そうした止揚がその後のユリアヌス受容において「高次の第三のもの」として顕在的に働いたことを、最後に触れておきましょう。背教者をめぐる言説はヘンリック・イプセンとドミトリー・メレシコフスキーによって「ドイツ的な世紀」に限定できないものになっていきます。イプセンもメレシコフスキーも十九世紀末から二十世紀前半にかけて日本を含め世界中でよく読まれましたが、両者の影響がとりわけ大きかったのが、二十世紀のドイツだったのです。イプセンは一八七三年（独訳一八八八年）刊行の劇『皇帝とガリラヤ人』を通じて、異教とキリスト教のジンテーゼとしての「第三の国」Das dritte Reich という言葉をドイツにもたらし、メレシコフスキーは一八八四年（独訳一九〇三年）公刊の小説『背教者ユリアヌス　神々の死』などの著作を通じて、異教とキリスト教、肉体と精神、旧約聖書と新約聖書などの対立を統合する「第三の国」を求め、その特異な思想が保守主義と革命のジンテーゼを説くメラー・ファン・デン・ブルックに決定的な影響をもたらしました。新たな潮流の中で、一方で画家のワシリー・カンディンスキー、哲学的観想学者のルードルフ・カスナー、作家のトーマス・マン、マルクス主義哲学者のエルンスト・ブロッホなどによって「第三の国」の理念は支持され、他方で「第三の国」Das dritte Reich をめぐる言説が「第三帝国」Das Dritte Reich という政治的なプロパガンダに変容していく過程がありました。こうした展開は新たなユリアヌス受容を出自としながらも、次第にそれを離れ、「弁証法的なもの」のみを政治的に強調する特異な潮流となり、人々を分断する新たな例外状況を二十世紀にもたらしたのです。背教者ユリアヌスをめぐる言説は、フケー『皇帝ユリアヌスと騎士たちの物語』やアイヒェンドルフ『ユリアーン』が示しますように、極めて「ドイツ的な世紀」のものですが、同時に「ドイツ的な世紀」の彼方へと我々を導くものです。その一つが冒頭で示しました日本の雑誌『第三帝国』でありま す。「ドイツ的な世紀」が生み出したものを、私たちはグローバルな観点で捉え直さなければなりません。そうした意識を持ちながら、ドイツ本国でもほとんど知られていない二つの作品に対して新たな息吹を吹き込むことを、本書において試みたのです。

あとがき

ドイツ・ロマン派を代表する作家の一人フリードリヒ・ド・ラ・モット・フケーは、古いドイツの伝説を発掘し、忘れられた物語に新たな息吹を吹き込む書き手でした。一八一一年に刊行された後も今なおドイツで愛読されている『ウンディーネ』は、ルネサンス期の錬金術師で医術の大成者であるパラケルススの『妖精の書』に依拠した物語です。その前年に出た『北方の英雄』は、古代ゲルマンの英雄伝説「ニーベルンゲンの歌」をドイツで初めて劇化した三部作であり、一八一三年とその翌年に刊行された『魔法の指輪』はC・S・ルイスの『ナルニア国物語』（一九五〇－五六年）やJ・R・R・トールキンの『指輪物語』（一九五四－五五年）の先駆と称される物語であります。

フケー文学は、もっと研究が掘り下げられ、もっとその魅力が日本でも伝えられなければなりません。私はそう思っています。

そう思う私はいつしかフケーの驥尾に付すようになったのかもしれません。いまだ知られざるドイツの文学作品に出会うたびに、埋もれた金の鉱脈を意識します。二〇一六年のことですが、クリストフ・マルティン・ヴィーラントの『王子ビリビンカー物語』を同学社から刊行しました。単著『水の女　トポスへの船路』（九州大学出版会、二〇一二年、新装版二〇二一年）の執筆準備のために読んだことが翻訳出版のきっかけです。『王子ビリビンカー物語』は、ドイツで最初の小説『ドン・シルビオの冒険』で語られる物語の中の物語であり、同時に、世界で最初の創作メールヒェンであります。しかし、私の知る限り邦訳がなく、そのせいでしょうか、ドイツ文学研究者のみならず、メールヒェン研究者にもほとんど知られておりませんでした。この状況を知り、何だか使命感みたいなものを感じて、『王子ビリビンカー物語』を訳出したのです。今回もそうでした。先にも述べましたように、『皇帝ユリアヌスと騎士たちの物語』は背教者ユリアヌスの受容史において必ずと言っていいほど言及されるにもかかわらず、私の知る限りやはり邦訳がなかったのです。そんな事情を同学社の近藤孝夫社長に再びお話ししたところ、この度の出版計画にもご快諾をいただきました。私の妙な使命感を真剣に受け止めてくださった近藤社長に、この場をお借りして改めて御礼を申し上げます。

また、今回は長尾亮太朗君が訳文の点検をしてくれました。長尾君は福岡歯科大学でドイツ語の非常勤講師を担当しながら、私のもとで博士論文の提出準備をしている院生です。私たちなりに読者諸賢の失笑を買わないように努力したつもりですが、もし訳文に至らぬ点がありましたら、すべて私の責任です。何かお気づきの点がありましたら、宜しくご指摘ください。今回の訳出と解説の初出は次のとおりです。ただし、いずれも大幅に加筆修正を行いました。解説執筆の際に用いた参考文献も挙げておきます。

初出

●（翻訳）フリードリヒ・ド・ラ・モット・フケー『皇帝ユリアヌスと騎士たちの物

語』、小黒康正訳、九州大学独文学会『九州ドイツ文学』第三十四号（二〇二〇年）、一－四〇頁。

●（翻訳）ヨーゼフ・フォン・アイヒェンドルフ『ユリアーン』、小黒康正訳、九州大学大学院人文科学研究院『文学研究』第百十八輯（二〇二一年）、七七－一六〇頁。

●（論文）小黒康正「「ドイツ的な世紀」の彼方　フケーとアイヒェンドルフにおける背教者ユリアヌス」、日本独文学会『ドイツ文学』第一六二号（二〇二一年）、一九六－二一三頁。

参考文献（出版年順）

● David Friedrich Strauß: *Der Romantiker auf dem Throne der Cäsaren oder Julian der Abtrünnige*. Mannheim 1847.

● Käte Philip: *Julianus Apostata in der deutschen Literatur*. Berlin und Leipzig 1929.

● Barbara Beßlich: *Abtrünnig der Gegenwart. Julian Apsotata und die narrative*

Imagination der Spätantike bei Friedrich de la Motte Fouqué und Felix Dahn. In: *Imagination und Evidenz. Transformationen der Antike im ästhetischen Historismus*. Hrsg. von Ernst Osterkamp und Thorsten Valk. Berlin und Boston 2011.

- Franziska Feger: *Julian Apostata im 19. Jahrhundert: Literarische Transformationen der Spätantike*. Heidelberg 2019.
- 辻邦生『背教者ユリアヌス』、中央公論社、一九七二年。
- G・W・バワーソック『背教者ユリアヌス』、新田一郎訳、思索社、一九八六年。
- 南川高志『ユリアヌス　逸脱のローマ皇帝』、山川出版社、二〇一五年。
- 中西恭子『ユリアヌスの信仰世界　万華鏡のなかの哲人皇帝』、慶應義塾大学出版会、二〇一六年。
- 添谷育志『背教者の肖像　ローマ皇帝ユリアヌスをめぐる言説の探求』、ナカニシヤ出版、二〇一七年。

なお、本書の刊行は、科学研究費補助金（基盤研究B、二〇二一－二〇二五年度、課題番号二一H〇〇五一六）による研究プロジェクト「近現代ドイツの文学・思想における〈第三の国〉——成立・展開・変容——」の助成を得て行われました。序でに申しますと、当方、二〇一六年二月十七日にフランクフルト大学の歴史学研究センターで招待講演を引き受けたことがあります。招待者は、ドイツ中世研究の碩学であるヨハネス・フリート教授でした。当時、私はやはり科学研究費補助金（基盤研究B、二〇一四－二〇一八年度、課題番号二六二八四〇四八）の助成を受けて科研研究プロジェクト「ドイツの文学・思想におけるトポスとしての〈黙示録文化〉——〈終末〉の終末は可能か——」を推進しておりましたが、フリート先生は私の研究プロジェクトに多大の関心を持たれ、私がウィーン滞在中だったこともあり、見ず知らずの私をフランクフルト大学に講演者として招いてくださったのです。その後、私は二〇二〇年の夏にハイデルベルクにある先生のご自宅に招かれました。その際、私がフケーの『皇帝ユリアヌスと騎士たちの物語』を読んでいますと話したところ、先生はヴォルムスに私を案内してくださったのです。私たちは、先生の奥さまと院生のヤーヌス・グディアン氏とともに、「ニーベルンゲンの歌」の記念碑やキリスト教の大聖堂やヨーロッパ最古のユダヤ人墓地を訪れ、楽しく議論を重ねました。こうした経験がこの解説にも反映されています。実に貴重な経験でした。私は最後に皆さんにお伺いいたします。私は忘れられた物語に新たな息吹を吹き込むことができたでしょうか。

令和五年新春　「我らが美しき都ヴォルムス」に思いをはせながら

小黒康正

訳者紹介

小 黒 康 正（おぐろ　やすまさ）
1964年生まれ。北海道小樽市出身。博士（文学）。ドイツ・ミュンヒェン大学日本センター講師を経て、現在、九州大学大学院人文科学研究院教授（ドイツ文学）。著書に『黙示録を夢みるとき　トーマス・マンとアレゴリー』（鳥影社、2001年）、『水の女　トポスへの船路』（九州大学出版会、2012年；新装版2021年）、訳書にヘルタ・ミュラー『心獣』（三修社、2014年）、クリストフ・マルティン・ヴィーラント『王子ビリビンカー物語』（同学社、2016年）、ヘルタ・ミュラー『呼び出し』（三修社、2022年）等。

皇帝ユリアヌスと騎士たちの物語

2023年6月13日　初版発行　　**定価　本体 1,500 円**（税別）

著　者　フリードリヒ・ド・ラ・モット・フケー 他
訳　者　©小 黒 康 正
発行者　近 藤 孝 夫

発行所　株式会社　同 学 社
〒112-0005 東京都文京区水道 1-10-7
電話　03-3816-7011
振替　00150-7-166920

印刷　萩原印刷株式会社／製本　井上製本所
ISBN978-4-8102-0338-7　　Printed in Japan